雪《ゆき》割《わり》草《そう》

立場茶屋おりき

今井絵美子

時代小説文庫

角川春樹事務所

目次

本書は時代小説文庫（ハルキ文庫）の書き下ろし作品です。

石蕗《つわぶき》の花

「おっ、入《へえ》るぜ！」

亀蔵《かめぞう》親分のだみ声がして、帳場の障子《しようじ》がするりと開いた。

屈《かが》み込んで経師屋《きようじや》と話し込んでいたおりきが顔を上げ、満面に笑《え》みを浮かべ亀蔵に手招きする。

「よいところに来て下さいましたわ。ほら、見て下さいませ。ちょうど現在《いま》、掛軸《かけじく》が出来上がってきたばかりなのですよ」

「掛軸たァ……、おっ、三吉《さんきち》のあの水墨画《すいぼくが》か？」

亀蔵が芥子《けし》粒《つぶ》のような目を一杯に見開き、長火鉢《ながひばち》の傍《そば》まで寄って来る。

畳《たたみ》の上には茶掛《ちやがけ》が広げられていた。

経師屋がちょいと亀蔵に会釈《えしやく》する。

「おっ、確か、おめえは北本宿《きたほんじゆく》のみや古屋《こや》の番頭《ばんとう》……。そうけえ、みや古屋に頼んだのか。どれどれ……」

亀蔵は畳に広げられた掛軸に見入り、どうしたわけか、言葉を失い黙りこくってしまった。

「…………」

「…………」

おりきとみや古屋の番頭が顔を見合わせ、訝《いぶか》しそうに亀蔵を窺《うかが》う。

「いかがです？　こうしてお軸にすると、画仙紙《がせんし》で見たときには一見地味《じみ》に思えた水墨画が、なんだか活《い》き活きと輝いて見えますでしょう？」

おりきの問いにも、亀蔵は俯《うつむ》いたまま、くくっと肩を顫《ふる》わせている。

「お気に召しませんか……」

みや古屋の番頭が怖々《こわごわ》と声をかける。

「気に入らねえはずがねえだろ……」

亀蔵は圧《お》し殺した声で呟《つぶや》くと、つと顔を背《そむ》けた。

なんと、驚いたことに、亀蔵は涙ぐんでいたのである。

どうやら、思わず胸に熱いものが込み上げてきて、感無量《かんむりょう》となったとみえる。

「お茶を淹《い》れましょうね」

おりきが気を利《き》かせ、茶の仕度《したく》を始める。

「じゃ、あっしはこれで……」

みや古屋の番頭はおりきに目まじした。

「では、いま、お代を……」

おりきが金箱を引き寄せる。

「いえ、これはうちの主人《あるじ》からのほんの心付けということで……。亡くなった善助《ぜんすけ》さんには主人が何かと世話になったそうで……。しかも、主人が申しますには、善助は死んではいない、皆の心の中にしっかと生きている、その想《おも》いのためにもこの絵を表装《ひょうそう》して皆の見られる場所に飾りたい、とおっしゃった女将《おかみ》さんの言葉に、いたく感動したそうでやしてね。そんなことなら、是非《ぜひ》、みや古屋にもひと肌脱《ぬ》がせてほしいと言われやして……」

まあ……、とおりきの胸が熱くなる。

「みや古屋さまがそんなことを……。有難《ありがた》いことにございます。けれども、それはなりません。師走《しわす》のこの忙しい最中《さなか》、急ぎ仕事を快《こころよ》く引き受けて下さっただけでも感謝していますので、旦那さまにはお気持だけ有難く頂戴《ちょうだい》いたしますと伝えて下さいませ」

「いや、それでは子供の遣《つか》いとなんら変わりありやせん。それに、裂地《きじ》や風袋《ふうたい》、一文字《いちもんじ》に使った古代裂《こだいぎれ》はこちらさまがお持ちになったものですし、うちは軸先《じくさき》と手間賃を被《かぶ》るだけの話で、何ほどのこともありやせん。しかも、年明け早々には、新築中の二階家にも襖《ふすま》を入れさせていただくことになっておりやす……。常々《つねづね》、こちらさまには贔屓《ひいき》にしていただいていることでやすし、どうか、掛軸の手間賃だけはこっち被りということにしていただけないでしょうか」

みや古屋の番頭が恐縮《きようしゆく》したように腰を折る。

「おりきさんよォ、みや古屋がそこまで言ってくれてるんだ。有難《ありげて》ェと思って受けてやんな！」

亀蔵が割って入ってくる。

「そうですか……。では、厚意《こうい》に甘えさせていただきますね。おりきが感謝していたと、旦那さまによろしくお伝え下さいませ」

おりきは深々と頭を下げた。

みや古屋の番頭が帰って行くと、亀蔵は改まったように掛軸に見入った。

「なんとも、大《てえ》したもんじゃねえか……。この絵にゃ、三吉と善爺《ぜんじい》の想いが詰まってらァ！」

亀蔵がしみじみとしたように言う。

この水墨画は、三吉が善助のために描《か》いたものである。

一月前《ひとつき》、師匠の加賀山竹米《かがやまちくべい》と一緒に江戸の文人を訪ねる途中、立場茶屋《たてばぢゃや》おりきに立ち寄り、土産《みやげ》のつもりで善助に贈《おく》ったものだった。

三吉が絵師になるために京に行って、はや二年……。

現在《いま》では三吉も加賀山三米《さんべい》という雅号《がごう》を持ち、背丈も伸びてすっかり凛々《りり》しくなっていたが、ここを離れてからも、常に、胸の内には善助への想いがあったのであろう。

耳の不自由な三吉を実の孫のように可愛《かわい》がり、行く末を案じ、一人前の下足番《げそくばん》に仕立てようとした善助である。

が、三吉に絵師になる夢の扉が開かれようとしたとき、善助は千々《ちぢ》に乱れる想いを胸の奥深くに封じ込み、獅子《しし》が子を千仭《せんじん》の谷に突き落とすような気持で、涙を呑《の》んで京へと送り出してやったのだった。

旅の途中で描いたという水墨画には、墨色《すみいろ》の濃淡《のうたん》で見事なまでの峡谷《きょうこく》が描《えが》かれ、右上の崖上《がけうえ》から一頭の獅子が谷底を見下ろし吠《ほ》えていて、左下の川べりには、山々を生《しょう》写《うつ》しする絵師の姿……。

まさに、獅子は善助であり、絵師は三吉であった。

三吉はこの絵に、善助への感謝の意を込めたのである。

三吉にしてみれば、まさか、これが善助への最期《さいご》の贈り物になるとは思っていなかったであろう。

だが、こうして改めて見ると、崖上で吠える獅子の顔には、どこかしら哀愁《あいしゅう》が漂っているように思えた。

そう考えてみれば、永遠《とわ》の別れを感じさせるこの絵に、亀蔵が思わず感涙《かんるい》に噎《むせ》んだ気持も解《わか》らなくもない。

「初めてこの絵を見たときにャ、上手《うめ》ェことと描くもんだと感じただけだったが、こうして絵にちゃんと着物を着せてやり、つまりよ、軸にしてみると、また別の感動が生まれてくるもんだと思ってよ。正《まさ》な話、俺《おり》ャ、泣けてきたぜ……。へへっ、みや古屋の番頭の前《めえ》で無様《ぶざま》なところを見せちまい、みっともねえ話なんだがよ……」

亀蔵が照れ臭そうに笑ってみせる。

「さあ、お茶が入りましたことよ。そうですわね。親分のおっしゃるとおりですわ。墨色だけだと寂《さみ》しげに見える山水画が、表装してやった途端《とたん》、こうして深みが出ますものね」

おりきが長火鉢の猫板《ねこいた》に湯呑《ゆのみ》を置く。

亀蔵はひと口茶を啜《すす》ると、美味《うめ》ェ、と頬《ほお》を弛《ゆる》めた。

「ところでよ、三吉に善爺のことを知らせたのかよ」

亀蔵が猫板に湯呑を戻すと、おりきに目を据《す》える。

「それが、吉野屋《よしのや》さまの話では、加賀山さまとは日本橋《にほんばし》で別れたそうでしてね。そのときの話では、加賀山さまは江戸の文人を何軒か訪ねた後、甲州街道《こうしゅうかいどう》を廻《まわ》って京に戻られるとかで、恐らく、現在《いま》はまだ旅の途中かと……」

「てこたァ、まだ善爺の死を三吉は知らねえということなんだな？　けど、京には文を出したんだろう？」

「ええ。吉野屋さまが江戸の帰りに立ち寄られた際にも口頭《こうとう》で伝えましたが、さあ、わたくしの文が京に届くのと吉野屋さまが戻られるのと、どちらが先になるか……」

「といっても、京に着いた早々、再び品川宿にとんぼ返りともいかねえだろうしよ。第一《でえいち》、今さら戻って来たって、善爺はもう墓ん中だ。墓に詣《まい》るだけなら、慌てて帰《けえ》るこたァねえからよ……。これから先、墓にはいつだって詣れるんだ」

亀蔵は再び湯呑を手にすると、ぐびりと茶を飲み干《ほ》した。

「ええ、わたくしも文にその旨《むね》を書きました。急いで墓詣りに帰ろうと思うことはないと……。けれども、三吉が善助の死を知ったときの衝撃を思うと、なんだか切《せつ》なくて……」

「そうよのっ。おきちのあの嘆《なげ》きようから見ても、三吉が憔悴《しょうすい》するのは目に見えてるからよ……。かといって、京と品川宿とに離れてたんじゃ、俺たちにゃどうしてやることも出来ねえからよ」

「ええ。ですから、わたくし、加賀山さまの御母堂《ごぼどう》に文を書きましたの。三吉と善助の関係を縷々《るる》書き綴《つづ》り、恐らく三吉は気落ちするであろうから、どうか力になってやってほしいと……」

「まっ、三吉にもいずれこの日が来ることは解っていただろうしよ……。それに、最期にひと目善爺に逢《あ》うことも出来たんだ。けど、考えてみれば妙だよな？　三吉がこの絵を善爺に残していき、それが今となっちゃ、善爺の形見となっちまったんだからよ。これが、虫の知らせとでもいうんだろうか……」

亀蔵が腕を組み、首を傾《かし》げる。

と、そのとき、障子の外から大番頭の達吉《たつきち》が声をかけてきた。

「女将さん、そろそろお出掛けになられたほうが宜《よろ》しいのじゃ？」

亀蔵が驚いたようにおりきを見る。

「おっ、出掛けるのかよ」

「ええ、門前町《もんぜんちょう》の寄合がありましてね。けれども、親分はわたくしに何か用がおありになったのでは？」

おりきが掛軸をくるくると巻きながら訊《たず》ねる。

「なに、おめえさんのご機嫌伺《きげんうかが》いに寄っただけでよ。俺に構うこたァねえんだ。行っとくれ。けど、このせちげれェ年の瀬に、寄合たァ……。あっ、てこたァ、何か？町年寄が寄り集まって、年忘れに一杯《いっぺえ》やろうってことなのか？」

おりきが苦笑する。

「それならいいのですけどね。堺屋《さかいや》のことなんですよ」

「堺屋？　するてェと、堺屋が見世《みせ》を売りに出すって噂《うわさ》は本当なのかよ！」

亀蔵が胴間声《どうまごえ》を上げる。

「まだ噂の段階なのですがね。なんでも菊水楼《きくすいろう》が食指《しょくし》を動かしているとかで、仮にそんなことにでもなれば、門前町には白店《しらだな》しか置かないという決まりを破ることになりますからね。それで、近江屋《おうみや》さんのお声掛かりで、今から対策を練っておこうということなんですの」

「堺屋はどこまでも欲得尽《よくとくず》くの男だからよ。町内の決まり事なんぞ、屁《へ》でもねえって顔をしてやがる！　おっ、俺の力が要《い》るようなら、いつでも言っとくれ。門前町の品格を護《まも》るためなら、なんだってするからよ！」

亀蔵が仕こなし顔に言い、どれ、帰《けえ》るとするか、と立ち上がる。

「では、そこまでご一緒に……」

「寄合は近江屋であるんだろ？　親分も寄合に参加なさいます？」

「ええ。宜しければ、親分も寄合に参加なさいます？」

おりきが言うと、亀蔵は大仰《おおぎょう》に手を振った。

「止《よ》しとくれ！　お呼びがかかってもいねえのに、のこのこ顔を出すほど、俺も暇じゃねえんでよ。まっ、何か決まったら、後で知らせてくれや」

そう言うと、亀蔵は先に立って帳場を出て行った。


寄合には、門前町の宿老《しゆくろう》を務める近江屋忠助《ただすけ》、赤城屋《あかぎや》長平衛《ちようべえ》、澤口屋《さわぐちや》幸太夫《こうだゆう》、大狗屋《しんぐや》の女主人《おんなあるじ》みのり、佃煮屋《つくだにや》の田澤屋《たざわや》伍吉《ごきち》、釜屋《かまや》康左衛門《こうざえもん》、おりきの七名が参加した。

「堺屋は半刻《はんとき》（一時間）ほど遅れて来るそうです」

近江屋忠助は母屋《おもや》の客間に集まった町年寄の顔を見回すと、開口一番、そう言った。

「なに、堺屋にも声をかけただと！」

赤城屋が驚いたように目を瞠《みは》る。

「ああ、今日の議題は堺屋の動向についてだが、本人がいない場で我々が推論を言っても間尺《ましやく》に合わないと思ってな。だが、堺屋に真意を質《ただ》す前に、我々の意見を纏《まと》めておいたほうがよいと思い、それで敢《あ》えて、堺屋には寄合は八ツ半（午後三時）からと伝えておいた……」

さすがは甲羅《こうら》を経《へ》た忠助……。誰もが納得したように頷《うなず》いた。

「では、堺屋が見世を売りに出すという話は本当なので？　あたしが聞いた話では、跡継《あとつぎ》のいない堺屋がかみさんの遠縁から養女をもらい、板頭《いたがしら》と添《そ》わせて見世を継《つ》がせるとか……」

澤口屋が仕こなし顔に言うと、赤城屋が訳知り顔にヘンと鼻で嗤《わら》う。

「澤口屋さん、てんごうを言っちゃいけませんよ！　養女にした娘と板頭を添わせるといったって、あの男には煮方《にかた》をしていた頃からの糟糠《そうこう》の妻がいますからね。祝言《しゅうげん》こそ挙《あ》げちゃいないが、女《おな》ごのほうは永《なが》いこと茶立女《ちゃたておんな》をして、あの男を支えてきたんだ……。そんな女ごがいるというのに、堺屋の御亭《ごてい》の座が転がり込みそうになったからって、今さら袖《そで》にするわけにはいかないではありませんか。ねっ、近江屋さん、おまえさんもその女ごのことは知っていますよね？」

赤城屋が鼻柱《はなばしら》に帆《ほ》を引っかけたような顔をして、忠助を窺う。

忠助は蕗味噌《ふきみそ》を嘗《な》めたような顔をすると、頷いた。

「ああ、知っていますよ。吾妻屋《あずまや》という立場茶屋で茶立女をしている女ごがそうだというが、あたしゃ赤城屋が知っているほどだから、当然、堺屋も知っているだろう……。だから、この話は眉唾《まゆつば》と思ってまず間違いないでしょう。あたしもね、本音《ほんね》を言えば、その女ごさえいなければ、堺屋にとっても門前町にとっても、これほどよい話はないと思ったのだがね。だって、そうだろう？　ある意味、板頭は立場茶屋の看板でもあるのだから、そんな男を身内に取り込み遠縁の娘を女将に据えれば、まず以《もっ》て、堺屋は安泰《あんたい》だ」

「だが、そうはいかなかったということですね……。では、あたしが耳にした、番頭が跡を引き継ぐという話は？　いえね、その話を聞いたとき、正直に言って、あたしは思わず嗤っちまったんだがね。だが、そんな噂があるということだけは事実だからよ」

澤口屋がそう言うと、赤城屋が憎体《にくてい》に片頬で嗤った。

「番頭が跡を引き継ぐだって！　そんな莫迦《ばか》な……。喜多次《きたじ》とかいったっけ？　確か、あの番頭は堺屋とさして歳《とし》が違わないと思ったが……。ふン、六十路《むそじ》近くの男が跡を継いだところで、すぐまた、後継者選びに頭を悩ませなきゃならない！」

澤口屋が呆《あき》れ返ったように、目をまじくじさせる。

忠助は咳《しわぶき》を打つと、改めて、全員を見回した。

「いいですか、皆さん。噂に振り回されて、ここで我々が小田原評議《おだわらひょうぎ》をしたところで仕方がありません。半刻後には、当の本人が現れるのですからね。それで、その前に、どうしても皆の腹を確かめておかなければならないのだが、実は、もう一つの噂……。つまり、堺屋が見世を他人に譲渡《じょうと》してしまうのではないかという噂なのだが、これが、ただの噂とも言えなくてね……。あたしの耳に入った情報によると、先つ頃《さいごろ》、堺屋と菊水楼の御亭が歩行新宿《かちしんじゅく》の山吹亭《やまぶきてい》という料亭で何度か会食をしたそうでね」

「菊水楼って、南本宿《みなみほんじゅく》のあの妓楼《ぎろう》？」

天狗屋のみのりが甲張《かんば》った声を張り上げる。

「近江屋さん、そりゃ拙《まず》い！　通常、立場茶屋の主人《あるじ》と妓楼の御亭が歩行新宿の料亭で逢うなんてことは、ありえないことですからね。となると、考えたくないが、堺屋は菊水楼に見世を譲《ゆず》ろうとしているということ……」

釜屋康左衛門が眉根《まゆね》を寄せ、おりきを窺う。

おりきも困じ果てたような顔をして、頷いた。

忠助が苦渋《くじゅう》に満ちた顔をすると、再び、全員を見回す。

「堺屋と菊水楼が会食をしたからといって、見世を譲渡する話が出たかどうかは判《わか》りません。だが、あたしの調べたところによると、少なくとも二人は二度逢っている……。だとすれば、門前町としても手を拱《こまぬ》いているわけにはいきませんからね。それで、今日、皆さんに集まってもらったわけです」

「つまり、堺屋が妓楼に見世を売ろうとしているのを知り、黙って見ているつもりかということなんですね？　そんな莫迦なことが許せるはずもない！　門前町には白店しか置かない……。これは、品川宿が宿場町となって以来の決まり事なんですからね」

日頃の穏《おだ》やかな性格に似合わず、釜屋は業《ごう》が煮えたように鳴り立てた。

釜屋はこの品川宿門前町では老舗《しにせ》中の老舗で、立場茶屋と旅籠《はたご》の区別がはっきりとつけられてからも浪花講《なにわこう》の鑑札《かんさつ》を持ち、現在《いま》もその両方を兼ねていた。

その点では立場茶屋おりきも同じなのだが、釜屋は門前町の最古参《さいこさん》とあってか、白《しら》旅籠《はたご》としてのその想いはより一層強いようである。

「釜屋さんのおっしゃるとおりです。門前町に妓楼が出来るのを我々が容認できるはずがありません」

「しかも、裏道というのならまだしも、堺屋は街道沿いですからね」

「てんごうを言っちゃいけませんよ！　裏道であろうと、妓楼なんて許せるわけがない。菊水楼も菊水楼だ。そんなに手を広げたいのなら、両本宿か歩行新宿に空店《あきだな》を見つければいいんですよ！」

皆が口々に異を唱《とな》える。

「解りました。あたしは皆さんの気持を確認しておきたかったのですが、では、全員一致ということで、堺屋が妓楼に見世を譲渡するのを拒《こば》む……。それでいいですね？」

忠助が一人一人の顔を睨《ね》めつける。

「けど、堺屋がすでに菊水楼に見世の権利を渡していたとしたらどうします？」

みのりが不安も露《あら》わに、ぽつりと呟く。

あっと、皆は互いに顔を見合わせた。

「だからこそ、堺屋にそれを質すつもりなのです。だが考えてみれば、天狗屋の女将の言う通りかもしれない。ときすでに遅しということもありますからね……」

忠助が苦々《にがにが》しそうに唇をひん曲げる。

「なに、案ずることはありませんよ。仮に、双方《そうほう》で話が纏まっていたとしても、門前町の規定を翳《かざ》し、奉行所に訴え出てでも阻止すると言ってやればいいのです」

釜屋が自信たっぷりに、鼻蠢《おごめ》かす。

「だが、金の決済まで済んでいたとしたら？」

今度は、澤口屋が心細い声を出す。

澤口屋は心許《こころもと》ない顔をすると、全額決済でないとしても、手付《てつけ》が渡されていたらことですからね、と続けた。

釜屋がふふっと含み笑いをする。

「あたしは堺屋という男をよく知っていますが、あの男ほど、金に汚い男はいませんからね。なに、たいもない！　ちょいと鼻薬《はなぐすり》を嗅《か》がせてやれば、簡単に、額の高い方に靡《なび》きますからね」

「額の高い方に靡くって……。えっ、では、他にも誰か、堺屋を買う者がいると？」

赤城屋はよほど驚いたのか、梟《ふくろう》のように目を丸くした。

「場合によれば、うちが買ったっていい……。あたしはその腹でいますからね」

「それは、釜屋さんが出店《でみせ》を構えるということで？」

赤城屋がしわしわと目を瞬《しばたた》く。

「まっ、釜屋さんほどの内証《ないしょ》なら、出店の一軒や二軒を持つことなんてどうってこともないのでしょうが、この世知辛《せちがら》い時世《じせい》に、羨《うらや》ましい限りですよ。うちなんて、あの地震以来、青息吐息《あおいきといき》ですからね……。旅籠一軒持ち堪《こた》えるのにヒィヒィ言ってるのですからね」

「いや、うちだって、決して景気がよいわけではありません。が、門前町を護るためなら、清水《きよみず》の舞台から飛び降りる覚悟でいます。金は天下の廻物《まわりもの》。まっ、なんとかなるでしょう」

釜屋がきぶっせいな雰囲気を察し、気を兼ねたように言う。

すると、それまで口を挟《はさ》むことなく耳を傾けていた田澤屋伍吉が、おもむろに口を開いた。

「宜しいですかな、皆さま。あたしは門前町では新参者に入ります。それで、今まで口を挟むのを控《ひか》えていたのですが、もし、皆さまがお許し下さるのなら、あたしがその役目を買って出てはいけませんかな？」

「役目を買って出るとは……。では、田澤屋さんが堺屋と渡引《わたりひき》をなさるというのですか」

忠助が驚いたように伍吉を見る。

「ええ。現在《いま》の見世がそろそろ手狭《てぜま》になってきましたのでね。いっそ、家移《やうつ》りしても構わないと思いましてね」

「では、現在《いま》の見世はどうなさいます？」

「勿論《もちろん》、そのまま佃煮屋を続けます。息子夫婦がいますからね。いえね、何もあの見世のすべてを店舗《てんぽ》にしようというのではないのです。茶屋の一部を店舗に残し、残り部分を作業場やあたしの住まいに使えば、洲崎《すさき》の別荘に追いやってしまった母を引き取ることが出来ると思いましてね」

伍吉の言葉に、おりきは眉を開いた。

田澤屋の佃煮は、一介《いっかい》の海とんぼ（漁師）の女房だった伍吉の母おふなが創《つく》り上げた味である。

おふながいなければ、現在《いま》の田澤屋はなかったといっても過言《かごん》ではないだろう。

ところが、伍吉は田澤屋が多少のことでは微動《びどう》だにしない大店《おおだな》となった途端におふなの存在を煙《けむ》たがるようになり、楽隠居《らくいんきょ》とは名ばかり、洲崎の別荘に幽閉《ゆうへい》してしまったのだった。

そのため、此《こ》の中《じゅう》、耄碌《もうろく》の症状が出て来たというおふな……。

が、どうやら、伍吉も根っこの部分に温かい血が通っていたのである。

良かった……。

おりきは安堵《あんど》の息を吐《つ》き、伍吉には是非にも、堺屋と渡《わたり》をつけてほしいと願った。

「解りました。そういうことなら、我々も協力を惜《お》しみませんぞ！　ねっ、皆さん、ここはひとつ、堺屋と田澤屋の渡引がうまくいくように応援しようではありませんか」

忠助も溜飲《りゅういん》が下がったような顔をする。

「だが、とっくに半刻すぎたというのに、堺屋がまだ顔を見せないとは妙ではありませんか。近江屋さん、本当に、堺屋は来るのでしょうね？」

赤城屋が訝しそうに忠助を窺う。

忠助は眉根を寄せると、下足番に様子を見に行かせましょう、今暫《しばら》くお待ちを……、と言い置き、客間を出て行った。

ところがその頃、堺屋では大変な騒動となっていたのである。

堺屋栄太朗《えいたろう》が近江屋に出掛けようと母屋から見世に廻り、上がり框《かまち》で雪駄《せった》を履《は》こうとしたそのとき、ふわりと上体が傾き、そのまま前のめりに土間に突っ伏してしまったのである。

昼下がりのことで、茶屋には比較的客が少なかったが、それだけに目前で起きたことに客の反応は敏感《びんかん》で、驚いて玄関先まで飛び出して来る客や、板場から駆けつけた板場衆《いたばし》、茶立女、番頭、下足番といった使用人が入り乱れ、上を下への大騒動となった。

慌てて栄太朗を抱え起こそうとする者、動かしちゃなんねえ、鼾《いびき》をかいてるじゃねえか！　と制止する者、医者を、早く医者を、と甲張ったように鳴り立てる茶立女……。

四半刻《しはんとき》（三十分）後、南本宿から駆けつけた内藤素庵《ないとうそあん》の診断は脳卒中《のうそっちゅう》ということであったが、なにぶん店先で起きたことであり、番頭の采配《さいはい》で客に退去を願ったばかりか、当分の間、堺屋は休業ということになったのである。

知らせを聞いて堺屋を見回った亀蔵は、帰路、立場茶屋おりきの帳場に立ち寄った。

「素庵さまの話じゃ、堺屋はかなり重篤《じゅうとく》だとよ。何しろ、意識が戻らねえうえに、地響《じひび》きするほどの大鼾をかいてるっていうからよ……。まっ、よく保《も》って、二、三口ってとこらしいがよ」

亀蔵は苦虫《にがむし》を嚙《か》み潰《つぶ》したような顔をして、おりきに報告をした。

「寄合にお見えにならないので案じていましたが、そんなことになっていたとは……。では、現在《いま》、堺屋さんは茶屋に寝かされているのですね？」

おりきが茶を淹れながら言うと、亀蔵がふうと太息《ふといき》を吐いた。

「ああ、母屋まで運べばいいんだろうが、素庵さまが動かさないほうがよいと言われるもんでよ。しかも、堺屋はあの図体《ずうたい》だろ？　身体《からだ》を揺《ゆ》らさねえまま母屋まで運ぶなんぞ、至難《しなん》の業《わざ》でよ。結句、見世はしばらく休業ってことにして、かみさんや茶立女が傍につくことになった……」

おりきも心配そうに眉根を寄せる。

「さぞや、お内儀《ないぎ》も心を痛めておいででしょうね。わたくしどもに何か出来ることがあればよいのですが……」

「おめえに出来ること？　ねえよ、そんなもん！　これまでのことを考えてみな？　こっちが良かれと思ってしてやったことでも、ふン、後でねちねちと難癖《なんくせ》つけやがってよ！　堺屋は主人の栄太朗も栄太朗だが、これまた番頭が一筋縄《ひとすじなわ》じゃいかねえほどの拗《す》ね者でよ！　そのうえ、板場衆から茶立女、下足番に至るまでが右に倣《なら》えってんだから、呆《けえ》れ返る引っ繰《く》り返る……。まっ、牛は牛連れってとこで、あいつら、それで結構うまくやってるんだろうがよ！」

亀蔵が鼻の頭に皺《しわ》を寄せ、憎体口《にくていぐち》を叩く。

「まっ、親分、そんなことを言ってはなりませんよ」

おりきは亀蔵を目で制したが、ふうと太息を吐いた。

強《あなが》ち、亀蔵の言ったことが外《はず》れていないように思えたのである。

というのも、堺屋は主人の栄太朗をはじめ、板場衆や茶立女、下足番にいたるまでが、立場茶屋おりきにこれまで敵対心を露わにしてきたのだった。

街道筋では、妓楼だけでなく立場茶屋や旅籠にも留女《とめおんな》（客引き）を置く見世が多いが、立場茶屋おりきでは、先代の頃より留女を置かないことで徹《とお》してきた。

そんなことをしなくても、美味《うま》い料理と気扱《きあつかい》さえあれば、客は自《おの》ずと寄って来るというのが、先代の考えだったのである。

ところが、それが堺屋には高慢《こうまん》と映《うつ》ったようで、あるときから、堺屋の留女が通行人に向けて、立場茶屋おりきを中傷《ちゅうしょう》するようになったのである。

茶屋番頭の甚助《じんすけ》など、風向きによって流れてくる留女の雑言《ぞうごん》に、肝《きも》を冷やしたほどである。

「寄ってきなんしょ！　ほかほかの炊《た》きたてだよ。美味いよ、安いよ！　嘘《うそ》だと思ったら、隣のおりきと比べてごらん。うちじゃ客の残り物なんて出さないからね。門前町一の堺屋だ！　寄ってきなんしょ！　食ってきなんしょ！」

堺屋の留女が往来に立ち、道行く旅人にそう声をかけていたのである。

同じく、その言葉を耳にしたおよねなどは、怒り心頭《しんとう》に発し、思わず見世を飛び出しそうになったという。

が、その腕をぐいと摑《つか》み引き留《と》めたのが、甚助であった。

「およね、みっともねえ真似《まね》をするもんじゃねえ！　放っておきゃいいんだ。客も莫迦じゃねえからよ。他人《ひと》の見世をあからさまに扱《こ》き下ろすような見世を、客が信用するはずがねえ。言いたいだけ言わせておけばいいんだよ！」

その話を甚助から聞いたおりきは、頭が下がるような思いであった。

「甚助、およね、よく堺屋の挑発《ちょうはつ》に乗らずに済ませてくれましたね。決して、見世同士が啀《いが》み合ってはならないのです。何が真実かは、お客さまが決めて下さいます。わたくしたちは何を言われようと浮き足立たず、心を込めて、お客さまに接するだけです」

確かあのとき、おりきは茶屋衆《ちゃやし》の前でそう言ったと思う。

が、堺屋の底巧《そこだく》みや嫌《いや》がらせは、留《とど》まるところを知らなかった。

堺屋栄太朗は釜屋と立場茶屋おりきだけが浪花講の鑑札を持ち、茶屋と旅籠の両方を許されていることがよほど面白《おもしろ》くないとみえ、あの手この手と底巧みをしては、蹴《け》落《お》とそうと画策《かくさく》してきたのだった。

だが、そんな堺屋も、寄る年波《としなみ》には敵《かな》わない。後継者がいないまま、そろそろ隠居をと思った矢先、病《やまい》に倒れたのである。

亀蔵はチッと舌を打つと、おりきを睨めつけた。

「けどよ、おめえはそう言うが、あの男に情をかけるこたァねえんだ！　おめえだって、これまで何度、あの男のせいで辛酸《しんさん》を嘗めかけたかよ。幸い、これまではあの男が仕掛けた悪巧《わるだく》みに嵌《はま》ることなく切り抜けてきたがよ。下手《へた》をすりゃ、泣きの目にあってたかもしれねえんだぜ。だからよ、此度《こたび》のことは自業自得《じごうじとく》。罰《ばら》が当たっても仕方がねえんだよ！」

「けれども、堺屋さんがこれまでどんな生業《なりわい》をしてきたにせよ、人一人の生命《いのち》が消えかけているのですよ。それに堺屋には内儀もいれば、使用人もいます。今このような状態で主人《あるじ》を失うことにでもなれば、あの人たちは路頭《ろとう》に迷うことになります」

「何言ってやがる！　堺屋はよ、使用人のことなんぞ、微塵芥子《みじんけし》ほども考えちゃいねえんだ！　それが証拠に、あの男は菊水楼と渡をつけ、見世を手放すつもりになっていたんだぜ。てめえと女房はその金で楽隠居してよ、使用人の行く末など考えちゃいねえんだ！」

おりきの顔からさっと色が失《う》せた。

「では、もう契約が交わされたと……」

「いや、現在《いま》はまだ、菊水楼が手付を打った段階らしいがよ。番頭の話じゃ、年明け早々にも菊水楼から残金を貰い、それで契約が成立するそうだ」

「では、現在《いま》なら、まだ間に合うということなのですね？」

おりきが眉を開き、亀蔵を瞠《みつ》める。

「まだ間に合うたァ、一体《いってえ》、どういうことなんでェ」

亀蔵がとほんとした顔をする。

おりきは田澤屋伍吉が堺屋と渡引をしてもよいと言ったことを話した。

「ほう、田澤屋が……。そいつァ、渡りに舟と言いてェが、堺屋は明日をも知れねえ状態なんだぜ？　意識のねえ男を相手に、渡引もねえだろうに……」

亀蔵が忌々《いまいま》しそうに茶をぐびりと干す。

「けれども、堺屋と菊水楼の間には手付が打たれただけで、契約はまだ成立していません。今後、代理人として堺屋の内儀を立て話を進めることが可能なのではありませんか？」

亀蔵はふむっと腕を組んだ。

「そうよのう……。菊水楼と仮契約が済んでいたにしてもよ、手付金の倍《べえ》も返《けえ》せば、菊水楼には文句がねえだろうしよ。が、その場合、田澤屋の懐《ふところ》が痛むことになるが、田澤屋にゃ、その腹があるんだろうか……」

おりきは暫《しば》し考え、つと、亀蔵に目を据えた。

「あると思いますわ。田澤屋さんには、洲崎の別荘にいらっしゃるお母さまを呼び寄せたいという想いがおありですもの。見世の一部を店舗に、残り部分を作業場にというのも、佃煮を作ることを生き甲斐《がい》にしてこられたお母さまを思ってのこと……。醤《しよう》油《ゆ》の匂《にお》いを肌身に感じながら暮らしていけば、お母さまの元気が出るのではないかとそうお思いなのでしょうし、それに、あの方には、何より門前町のために尽くしたいという気持がおありなのですよ」

亀蔵も納得したように、小鼻をぷくりと膨《ふく》らませた。

これは、亀蔵が満足なときに見せる癖である。

「よし解った！　田澤屋はしこたま溜《た》め込んでいるというからよ。金のこたァ心配《しんぺえ》ねえとして、後は堺屋の病状だ……。が、これぱかしは様子見ってことで、かみさんに堺屋の代理を願うにしても、今の今ってわけにゃいかねえだろうよ」

おりきと亀蔵は顔を見合わせた。

そして、どちらからともなく溜息《ためいき》を吐いた。

堺屋と田澤屋の間でうまく渡引がついたとして、三十名以上いる使用人たちは、これから先どうなるのであろうか……。

が、おりきはその想いをぐっと呑み込んだ。

口に出せば、亀蔵からまた、人の善《よ》いのにもいい加減にしな！　おめえ、あいつらからどんだけ貶《おとし》められたと思ってる、と呶り立てられそうに思ったのである。

十二月八日の事始《ことはじめ》が過ぎると、俄《にわか》に、品川宿門前町の町並に節季候《せきぞろ》（年末に巡《めぐ》って来る物貰い）や物売りの数が増えてくる。

十三日の煤払《すすばら》いに向けての煤竹《すすだけ》売り、暦《こよみ》売り、門松《かどまつ》売り、扇箱《おうぎばこ》売りなどが呼び声も高く売り歩き、覆面《ふくめん》の上から編笠《あみがさ》を被った節季候が、簓《ささら》や太鼓《たいこ》を打ち鳴らし、銭を乞《こ》うて歩き廻るのだった。

そうしてこの日、立場茶屋おりきの裏庭では、下足番吾平《ごへい》の指導の下《もと》に、子供たちがあすなろ園の煤払いに興《きょう》じていた。

手伝うというより興じるという言葉が相応《ふさわ》しいのは、子供たちにとっては煤払いも遊びの一つであり、どうやら吾平や末吉《すえきち》に肩車をしてもらうのが嬉《うれ》しくて堪《たま》らない様子なのである。

「これ、勇次《ゆうじ》、しゃんとせんか！　おめえ、煤竹を振り回しているだけで、ちっとも払えてねえじゃねえか！」

吾平が胴間声を張り上げる。

「だって、おいちゃんが揺らすんだもん！　落っこちそうで、おいら、おっかねえ……。ほら、まただァ！」

吾平に肩車をされた勇次が七色声《なないろごえ》を上げる。

「だったら、おいらに代わってくれよ！　おいらのほうが勇ちゃんより背が高いんだからさ」

卓也《たくや》が待ちきれないといったふうに、吾平の腰を揺する。

その途端、勇次の身体が大きく揺らいだ。

「卓あんちゃん、止《や》めてくれ！　落っこちるじゃねえか」

「どれ、じゃ、そろそろ卓也と交代すっか？」

吾平がドッコラショイと腰を落とす。

「あっ、狡《ずる》い！　次はおいねがおいちゃんの肩に乗る番だからね。卓あんちゃんはさつき末兄《すえにい》の肩に乗っかったじゃないか」

おいねが慌てて駆け寄ってくる。

「煩《うる》せェ、女ごは引っ込んでな！」

吾平の肩から下りた勇次が、きっと、おいねを睨めつける。

「なんでさ、なんで女ごは肩車をしてもらっちゃいけないのさ！」

「莫迦こけ！　肩車なんてしてみなよ。臀《おいど》が丸見えになっちまうんだぜ。それとも何かよ、おいねはおらたち男に臀を見せてェというのかよ」

おいねが途端に潮垂《しおた》れる。

その顔は、今にも泣き出しそうであった。

「さあ、皆さん、そこまでですよ！　勇ちゃん、女の子を泣かせては駄目でしょ？　勇ちゃんは男の子だし、おいねちゃんより年上なのですもの、庇《かば》ってあげなくてはね」

高城貞乃《たかぎさだの》が慌てて割って入り、勇次を諫《いさ》める。

内藤素庵の姪《めい》の貞乃が養護施設あすなろ園の寮母を務めるようになり、はや半年……。

現在《いま》では、すっかり子供たちの母親代わりとなっている。

勇次は不服そうに、ぷっと頬を膨らませた。

「おいら、おいねちゃんを庇ったんだぜ。女ごの子は男みてェなことをするもんじゃねえと思って……」

「そうね、庇ったのよね。でもね、おいねちゃんを庇うのなら、もっと違った言い方があったのじゃないかしら？　そうですね……。では、女の子は板間の水拭きを手伝ってもらいましょうか。おいねちゃん、みずきちゃん、おせんちゃん、さあ、中に入りましょうね」

貞乃がそう言い、女の子を連れてあすなろ園に入って行く。

「坊主、叱《しか》られちまったな。けどよ、おめえ、元気になったよな？　安心したぜ。じゃ、煤払いはこれくれェにして、次は落ち葉を掃《は》き集めてくれねえか？　それが終われば、お待ちかねの焚火《たきび》だ！　焼芋《やきいも》を焼いてやっから、待ってなよ」

吾平が勇次と卓也に竹箒《たけぼうき》を手渡す。

「ヤッタァ！」

二人は歓声を上げ、裏庭に散っていった。

卓也、勇次、おせんの三人が地震による火災で親兄弟を失って、半年が経《た》とうとする。

孤児《みなしご》となった彼らを立場茶屋おりきの子供部屋に引き取り、その際、子供部屋を養護施設あすなろ園と名付けたのだが、当初、借りてきた猫のように怯《おび》えていた勇次も、三月《みつき》もすると、持ち前の腕白《わんぱく》な性質が次第に表に出るようになり、現在《いま》でも時たま寂《さみ》しそうな表情を見せるものの、やりたい放題……。

ことに気性《きしよう》の荒いおいねとは、こうしてしばしば、ぶつかりそうになるのだった。

だが、おりきも貞乃も、これはよい兆《きざ》しだと思っていた。

親のない子を畏縮《いしゆく》させてはならない。

縁あって、こうして一つ屋根の下で暮らすようになったのだから、親子、兄妹、家族として、ときには言い合いしながらも、のびのびと育ててやりたいと思っているのだった。

旅籠の水口《みずぐち》の戸が開いて、おりきが追廻《おいまわし》の京次《きようじ》と一緒に芋の入った髭籠《ひげかご》を運んで来る。

「そろそろ、焼芋の出番かと思いましてね」

おりきが落ち葉を掃く男の子に目を細める。

「あら、女の子たちは？」

「へえ、それが……。例によって、勇次とおいねの間でひと悶着《もんちやく》ありやしてね。それで、貞乃さまが気を利かせて、現在《いま》、女ごの子に板間の水拭きをさせていやしてね」

吾平の言葉に、おやおや、とおりきが苦笑する。

「けど、喧嘩《けんか》するほど仲が良いと言いやすからね。ここに来た頃の勇次を思えば、見違えるようだ……」

「本当にそうですわね。あれから半年が経つのですもの……」

「ようやくここでの生活に慣《な》れてきたと思ったら、善爺に死なれちまい、あいつ、またもや気を落としちまってよ……。勇次の奴、ここに来た当初から、どういうわけか善爺にだけは心を開いてたもんだから、こう立て続けに親兄弟や善爺を失ったんじゃ、どうかしちまうんじゃねえかと案じたが、ようやっと、ここんところ笑顔が出るようになって、俺も安堵しやしてね」

善爺という言葉に、おりきの胸がきやりと揺れた。

どうやら、勇次だけでなく、おりきもまだ、善助を失った哀《かな》しみから立ち直っていないようである。

そう言えば、善助が元気だった頃にも、毎年煤払いの日には、こうして子供たちに号令をかけ、子供部屋や裏庭の隅々《すみずみ》までを清掃《せいそう》させた後、ご褒美《ほうび》として、焚火で焼芋を焼いたものである。

キャッキャッと燥《はしや》ぎながら焼芋を頰張《ほおば》る、三吉、おきち……。

そして、後から加わった、おいね、みずき……。

現在《いま》も目を閉じれば、善助の好々爺然《こうこうやぜん》とした顔が目に浮かぶようである。

おりきの眼窩《がんか》がつと熱くなる。

気配を察したのか、吾平が改まったようにおりきを見た。

「女将さん、あっしはとても善爺のようにはいかねえと思うが、叶《かな》うものなら、生涯《しようげえ》、立場茶屋おりきのためにこの身を捧《ささ》げてェと……。なんだか大袈裟《おおげさ》な言い方になっちまったが、ここで世話になることになったとき、末吉を一人前《いちにんめえ》の下足番に仕立てたら身を退《ひ》くつもりでいやしたが、今さら、葛西《かさい》に帰《けえ》ったところで悦《よろこ》んでくれる者なんかいねえしよ……。それで、身体が動くうちは、このまま立場茶屋おりきで働かせてもらいてェと思っていやすが、どんなもんでしょう」

吾平が瞬《まばた》き一つせず、おりきを瞠める。

「まあ、そうしてくれますか！　ああ、良かった……。いえね、わたくしもそう思っていましたので、いつ言い出そうかと……。では、このまま立場茶屋おりきの家族でいてくれるのですね？」

「へい」

「でしたら、二階家が完成したら、猟師町《りようしまち》の裏店《うらだな》を引き払って、こちらに移って下さいな。善助のために用意した部屋がありますので、そこを使うといいですよ」

「善爺が入《へえ》るために造った二階家だというのに、俺が入《へえ》ったんじゃ、死んだ善爺に申し訳がねえような気がしやすが、解りやした。これから本腰を入れ、ここで骨を埋《うず》めるためにも、悦んで入《へえ》らせていただきやしょう。それで、末吉は……」

「勿論、末吉も一緒ですよ。六畳間に二人で入ってもらうことになりますが、猟師町が四畳半一間だったのに比べれば、少しは余裕《ゆとり》があるかと……。我慢《がまん》してくれますね？」

「我慢だなんて、天骨《てんこち》もねえ！　極上上吉《ごくじょうじょうきち》ってなもんですよ」

吾平がそう言ったときである。

卓也と勇次が掻き集めた落ち葉を塵取《ちりと》りに入れて運んで来た。

「では、そろそろ焚火とすっか！　おっ、卓也、女の子たちを呼んで来な」

「あいよ！」

卓也があすなろ園に駆けて行く。

刻《とき》は八ツ半（午後三時）……。

旅籠の板場から、板場衆の声が流れてくる。

どうやら、夕餉膳《ゆうげぜん》の仕込みも大団円《だいだんえん》を迎えたようである。

帳場に戻ると、おりきの帰りを待ち構えていたとみえ、巳之吉《みのきち》が気配を察して障子の外から声をかけてきた。

「女将さん、宜しいでしょうか」

今宵の夕餉膳の打ち合わせは済ませていたので、おりきは、おやまだ何か、と首を傾げた。

「構いませんよ。お入りなさい」

巳之吉がするりと障子を開き、入って来る。

「どうしました?」

「それが……。あっしとしたことが、大変なことを失念してやした。確か、今宵の客に、三河《みかわ》の金剛堂《こんごうどう》杉右衛門《すぎえもん》さまと内儀のお優《ゆう》さまの名がありやしたね?」

「ええ。金剛堂杉右衛門さまと内儀のお優さま……。それが何か?」

「金剛堂夫妻は三年前《めえ》にもお越し下せえやしたが、確か、あの折、内儀のお優さまは鯛《たい》の刺身《さしみ》にまったく箸《はし》をおつけにならず、手つかずの状態で返《けえ》ってきやしてね。あっしは不審《ふしん》に思ったもんだから、鯛をお好みにならねえのなら、他の刺身に替えやしょうかと、おみのに訊ねさせたんですよ」

巳之吉が困じ果てたような顔をする。

「それで？　お内儀はなんと……」

「鯛が嫌いなのではなく、生ものを口にしないのだと、そうおっしゃったそうで……。ならば、何か代わりのものをとおみのは言ったそうでやすが、元々小食のうえに、もう腹は充分くちくなっている、と内儀がそう答えられたとか……。それが三年前《めえ》のことでやしてね。それで、すっかり失念してしまっていたんだが、先ほど鮪《まぐろ》を下ろしていて、ふと、そのことを思い出しやしてね」

巳之吉が気を兼ねたように、上目におりきを窺う。

「三年前にそんなことがあったとは、今初めて耳にしましたわ。何故《なぜ》、そのとき、わたくしに報告しなかったのですか？　報告を受けていれば、留帳《とめちょう》にその旨を記《しる》していましたのに……」

「済みやせん。あっしが勝手に判断をしてしまいやした。というのも、おみのが刺身皿を下げようとすると、内儀が次の間まで出て来て、あまり大騒ぎをしないでほしい、と縋《すが》るような目をして手を合わされたそうで……。正な話、あっしはその意味が今ひとつ解りやせんでしたが、騒ぐなと言われたからには、女将さんにもそのことは話さねえほうがいいと思いやして……。あっしの裁量《さいりよう》で判断をしてしまい、申し訳ありやせんでした。そのときは、まさか金剛堂の旦那が再び内儀をお連れになるとは思っていやせんでしたので……」

巳之吉が恐縮したように頭を下げる。

「そうですか……」

おりきは肩息《かたいき》を吐いた。

料理旅籠の女将として、すべてに目が行き届いているようにと心懸《こころが》けてきたつもりでいても、この始末である。

だが、巳之吉は良かれと思い、敢《あ》えて自分の裁量で、報告しなかったのである。

「それで、浜木綿《はまゆう》の間だけ、急遽《きゆうきよ》、四品《よしな》目の造りをぐじ（甘鯛）の酒蒸《さかむ》しに替えようと思いやして……」

巳之吉が懐の中からお品書《しながき》を取り出す。

今宵の夕餉膳も、巳之吉流会席膳《かいせきぜん》である。

此の中、巳之吉はしばしばこの形を取るようになっていた。

本膳《ほんぜん》のように一つの膳に何品も載《の》せて出すのではなく、一品ずつ運ぶとあって女中たちには造作《ぞうさ》をかけることになるが、この形だと、次は何が出て来るのだろうかと客に期待を持たせることが出来、料理を盛る器《うつわ》選びにも幅が出て、一石二鳥《いっせきにちょう》の効果がある。

たとえば刺身を例に挙げてみると、本膳ならば四方型の蝶脚膳《ちょうあしぜん》の上に、刺身皿、椀《わん》物《もの》、蓋物《ふたもの》、小鉢《こばち》といった具合に三品か四品が収められるが、巳之吉流会席膳なら一品ずつ運ぶので、蝶脚膳には収めきれない変形皿《へんけいざら》や筏《いかだ》、手付き籠《かご》といった器が選べるのだった。

同時に、巳之吉が好んで使う添え物の草木の枝や葉も、こうすることにより、より一層の効果を放つことになる。

とはいえ、すべての客にこの形が取れるかといえば、そうでもない。

旧弊《きゅうへい》な考え方しか出来ない客や、武家を客として迎える場合は、従来通り本膳の形を取ることにしている。

つまり、巳之吉は永年培《つちか》ってきた料理人の勘《かん》を働かせ、予約客の名前を見て、本膳と会席膳の区別をつけているのだった。

おりきは改めて巳之吉の差し出したお品書に目を戻した。

先付《さきづけ》　百合根羹《ゆりねかん》（車海老《くるまえび》　雲丹《うに》　銀杏《ぎんなん》　柚子二杯酢《ゆずにはいず》）
　　器　青磁百合形向付《せいじゆりがたむこうづけ》

八寸《はっすん》　香合《こうごう》入り海鼠《なまこ》みぞれ和《あ》え　椿寿司《つばきずし》　青竹串刺《あおだけくしざ》し（車海老つや煮　鮑柔《あわびやわ》らか
　　煮　数の子粕漬《かすづけ》）
　　器　絵替蒔絵盆《えがわりまきえぼん》

椀物　うずら丸　壬生菜《みぶな》　柚子の清まし仕立て
　　器　梅蒔絵吸物椀《うめまきえすいものわん》

造り　鰤《ぶり》　縒《よ》り大根　人参《にんじん》　防風《ぼうふう》　長芋《ながいも》　大葉紫蘇《おおばじそ》　山葵《わさび》
　　器　乾山写扇面刺身皿《けんざんうつしせんめんさしみざら》

箸休め　煎《い》り銀杏　塩
　　器　青磁菊葉皿《せいじきくはざら》

焼物　焼き河豚《ふぐ》

器　織部《おりべ》焜炉《こんろ》

炊き合わせ　聖護院大根《しょうごいんだいこん》風呂《ふろ》吹き　柚子味噌《ゆずみそ》　ふり柚子

器　伊万里《いまり》蓋茶碗《ふたちゃわん》

酢物　渡蟹《わたりがに》菊花《きっか》和《あ》え　菊花　しめじ　椎茸《しいたけ》　生姜酢《しょうがず》

器　染付皿《そめつけざら》

揚物《あげもの》　油目唐揚《あぶらめからあげ》　大葉紫蘇　銀杏

器　手付き籠

留椀《とめわん》　赤出汁《あかだし》　豆腐《とうふ》　滑子《なめこ》　三つ葉

器　絵替吸物椀

ご飯　生姜飯
香《こう》の物　べったら漬　壬生菜
水物《みずもの》　紅白きんとん
　器　絵替蒔絵菓子皿

「では、鰤の刺身のところに、ぐじの酒蒸しを持っていこうというのですね」

おりきがお品書から目を上げる。

「ええ。ぐじの片身を半分に切り、昆布《こんぶ》を敷《し》いた器に載せて酒を振りかけて蒸し、ぐじに火が通ったところで、豆腐、焼き椎茸、春菊《しゅんぎく》を盛ってさらに蒸し、仕上げに出汁《だし》、塩、薄口醤油《うすくちじょうゆ》で吸い加減に味つけした地を張って、二杯酢と一緒にお出ししやす。これだと、さっぱりとした食感で、生ものがお嫌いな内儀も召し上がれるのではないかと思いやして……」

巳之吉がおりきを窺う。

「そうですね。この時季のぐじは脂《あぶら》が乗っていますし、椀物や留椀とも被りませんものね。けれども、旦那さまのほうはいかが致します？　ご夫婦ともぐじの酒蒸しにしてしまうのか、それとも、旦那さまは刺身で、内儀だけ酒蒸しに変更するのか……」

「それなんでやすがね」

巳之吉が思い屈《くっ》したような顔をする。

「どちらがいいか、そいつを女将さんに決めてもらおうと思いやしてね」

おりきもはたと首を傾げた。

今の時季、ぐじは脂が乗っていて美味《おい》しいが、脂が乗ったという点では、鰤はもっと上手《うわて》をいっている。

魚好きの者には、この時季の鰤、ことに刺身は堪《こた》えられない。

おりきは神棚《かみだな》の下の観音扉《かんのんとびら》を開き、過去数年の留帳を捲《めく》っていった。

「今、嘗《かつ》ての留帳を調べてみましたが、金剛堂さまがご友人と一緒にお越し下さった際には、お出ししたものをすべて綺麗《きれい》に食べて下さっています。ことに刺身がお好きなようで、四年前には、お代わりを催促《さいそく》なさったと記してあるほどですから、此度だけ刺身をお出ししないわけにはいかないでしょう。内儀の刺身を蒸し物に替えることも、巳之吉の気扱と受け取って下さるのではないかと思いますよ。巳之吉、迷うことはありません。おまえの考え通りにやりなさい」

おりきはそう言ったが、巳之吉はまだ割り切れないような顔をしている。

「まだ何か気にかかることが？」

巳之吉は首を振った。

「四年前《めえ》に刺身のお代わりを催促なさった旦那が、何ゆえ、三年前《めえ》は内儀の残した刺身を食べようとなさらなかったのか……」

そう言われてみると、そうである。

「三年前、旦那さまのほうの膳はどうでした？　何かお残しになったものがありまして？」

おりきが巳之吉を睨めつける。

「いえ、おみの話では、旦那のほうは猫が跨《また》いで通るほど、何一つ残っちゃいなかったと……。おみのが猫跨ぎという言葉を使ったのがおかしくて、現在《いま》でもはっきりと憶《おぼ》えていやす」

おりきも首を傾げた。

人によっては、他人《ひと》の残り物に箸をつけることを極端《きよくたん》に嫌うこともある。

たとえ相手が連れ合いであっても、元を糺《ただ》せば赤の他人……。

金剛堂杉右衛門がそこまで癇性《かんしよう》な男とは思えないが、人は見かけによらないものである。

おりきは一瞬さざ波の立った胸を宥《なだ》めると、巳之吉に微笑《ほほえ》みかけた。

「案ずることはありませんよ。刺身の代わりに蒸し物をお出しすれば、寧《むし》ろ、巳之吉の心配りを悦んで下さることでしょう。さあ、気を取り直して、夕餉膳の仕度に戻って下さいな」

「解りやした」

巳之吉が会釈して、板場に戻って行く。

おりきは観音扉に留帳を戻しながら、改めて、留帳の持つ意味を知った。

留帳には、立場茶屋おりきが品川宿門前町に見世を構えたときからの歴史のすべてが詰まっている。

宿泊客の好みや特徴、そのとき何があり、何をお出ししたかまでが記されているのである。

「おゆき、これをおまえに託《たく》します。今日から、おまえは立場茶屋おりきの女将、おりきになったのですぞ。留帳から学ぶことです。学んだうえで、さらに、おまえ自身の立場茶屋おりきを創《つく》り上げていくのです」

先代から女将の座を譲られたとき、おりきはそう言って留帳を託された。

その後、年を経るにつれ、さらに増えていった留帳……。

「使用人と留帳……。これが何よりの財産と思うことです」

先代の言葉は胸に響いた。

女将さん、有難うございます……。

おりきはそう呟くと、そっと胸に留帳を抱いた。


ところが、それから一刻《いっとき》（二時間）後、玄関先で三河の古物商《こぶつしょう》金剛堂夫妻を出迎えた達吉とおみのは、あっと息を呑んだ。

杉右衛門が連れていた女性が、三年前の女とは別人だったのである。

女性の年の頃は四十路半《よそじなか》ば……。

三年前に連れて来た女が三十路《みそじ》半ばで、確かあのときも、五十路《いそじ》もつれの杉右衛門の内儀にしては釣《つ》り合わないように思ったのだが、これは一体どういうことなのであろうか。

すると、あのとき杉右衛門が家内だと紹介した女は妾《めかけ》で、目の前にいるのが内儀……。

それとも、この三年の間に金剛堂に不幸があり、この女は杉右衛門の後添《のちぞ》いなのだろうか……。

達吉とおみのの脳裡《のうり》にそんな想いが交差したときである。

杉右衛門が取ってつけたように咳を打った。

「大番頭さん、なんと、ようやく来ることが出来ましたぞ！　この前ここに来たのが三年前……。あのときは、佐野屋《さのや》や仏法堂《ぶつぽうどう》がどろけん（泥酔《でいすい》）になっちまって済まなかったね。お詫《わ》びかたがたすぐにでも来ようと思っていたのだが、何しろ此の中景気が悪くて、以前のように江戸で商《あきな》いをするのもままならなくなった……。ところが、此度は家内の実家《さと》で祝事《いわいごと》がありましてね。それで、家内共々江戸に向かうことになったのだが、常々、あたしが品川宿門前町に立場茶屋おりきという風雅《ふうが》な料理旅籠があると話していたものだから、江戸行きが決まった途端、どうしても自分も連れて行けとやいのやいのとせびるものでしてね。ほれ、お三津《みつ》、挨拶《あいさつ》をせんか！」

杉右衛門は達吉が言葉を挟む隙《すき》を与えず、立て板に水がごとく一方的に捲《まく》し立て、内儀を前へと押し出した。

お三津が深々と辞儀をする。

「いつも主人がお世話になりまして……」

小柄で品の良い面立《おもだ》ちをした、見るからに仏性《ほとけしよう》の女性である。

達吉は慌てた。

「いえ、世話になっていますのは、てまえどもにございます。さあさ、長旅でお疲れにございましょう。洗足盥《せんぞくだらい》をお使いになりましたら、お部屋のほうに……」

そう言うと、下足番の吾平と末吉に目まじする。

すると、おみのがすっと傍に寄ってきて、洗足盥を使う二人に悟《さと》られないように背中を向け、達吉の耳許《みみもと》に囁《ささや》いた。

「あの女《ひと》、三年前の女じゃありませんよね？ それに、三年前、佐野屋や仏法堂と来ただなんて万八《まんぱち》（嘘）を……」

しっと、達吉が唇に指を当て、おみのを制す。

「余計なことを言うもんじゃねえ！ いいな、口が裂《さ》けても、三年前のことを口にするんじゃねえぞ」

達吉に窘《たしな》められ、おみのはひょいと首を竦《すく》めた。

洗足を済ませた金剛堂夫妻がおみのに案内されて二階に上がると、達吉はやれと肩息を吐いて帳場に戻った。

「どうしました？ 妙な顔をして……」

　客室の挨拶用の着物に着替えていたおりきが、帯を締《し》める手を止め、怪訝《けげん》そうに達吉を窺う。

「へえ。それが……。たった今、金剛堂夫妻がお越しになったのですが、なんか妙でしてね」

「妙とは？」

「三年前《めえ》にお連れになった内儀と、此度の内儀が別人で……。いえ、あっしの見間違いなんかじゃありやせんぜ。第一《でえいち》、名前《なめえ》も違うし、おみのの奴も別人だと言ってやすからね。それで思うんだが、どうやら此度お連れになったのが正真正銘の内儀で、つまり、三年前《めえ》は別の女性……。というのも、内儀の顔を見て驚いたあっしの表情に、慌てて、三年前《めえ》は佐野屋や仏法堂がどろけんになって迷惑をかけたなんて万八を吐かれやしてね。あっしが思うに、あれは、三年前《めえ》のことを内儀に秘密にしてほしいと釘を刺したんじゃねえかと……」

　達吉が苦虫を嚙み潰したような顔をする。

　おりきは暫《しば》し考え、はっと顔を上げると、板場のほうに目をやった。

「巳之吉を呼んで下さい。早く、急いで下さいな！」

　達吉が何が起きたのか解らないまま挙措《きょそ》を失い、板場へと向かう。

暫くして、達吉が巳之吉を連れて戻って来た。

「お呼びでしょうか」

巳之吉はどうして呼ばれたのか解らず、訝しそうな顔をしている。

「巳之吉、急遽、浜木綿の間の蒸し物を元に戻して下さい。まだ間に合いますね？」

「へい。ぐじの下拵《したごしら》えは済ませやしたが、構いません。では、金剛堂の内儀も刺身ってことで……。けど、此度も刺身をお残しになるのではありやせんか？」

「大丈夫ですよ。恐らく、此度は残されるようなことはないでしょう」

巳之吉が解《げ》せないといったふうに、目を瞬く。

「巳之吉、驚くんじゃねえぞ！　三年前《めえ》の内儀と此度の内儀は別人なんだよ。つまり、此度のが本物の内儀で、三年前《めえ》のは情婦《いろ》ってところだろうよ」

達吉がそう言うと、巳之吉は信じられないのか絶句し、さっとおりきに視線を移した。

おりきが頷く。

「恐らく、そうだと思います。ああ、でも、早く気づいてよかったですこと……。内儀の刺身だけが蒸し物に替わっていたら、説明に困りますものね」

巳之吉もようやく事情が呑み込めたようで、唇を歪《ゆが》めた。

「鶴亀鶴亀《つるかめつるかめ》……。気を利かせたつもりが徒《あだ》になったんじゃ、金剛堂の旦那が面皮《めんぴ》を欠くことになりかねなかった……」

「そういうこった！　刺身が原因《もと》で夫婦喧嘩《めおとげんか》なんてことになったんじゃ、敵《かな》わねえからよ」

おりきは改まったように達吉と巳之吉に目をやると、きっぱりと言い切った。

「いいですね。三年前のことには一切《いっさい》触れないこと！　おみのにもそう伝えて下さいな」

「へい。おみのにはもう伝えてやすが、改めて、釘を刺しておきやしょう」

三人は顔を見合わせ、ほぼ同時に、ふうと太息を吐いた。

それから一刻後、おりきは客室の挨拶に廻ると、最後に、浜木綿の間に訪《おとな》いを入れた。

「金剛堂さま、お久しゅうございます。暫くお見えになりませんでしたので案じておりましたが、ご息災《そくさい》な様子に安堵いたしました。今宵はまた、お内儀ともども……」

おりきが深々と頭を下げ、そう言いかけたときである。

「女将、堅苦《かたぐる》しい挨拶は抜きだ！　先ほども、大番頭には話したのだが、此度、家内の実家で祝事があり、それでこいつを連れて深川まで行くことになったのだが、常々、あたしが立場茶屋おりきほど気扱に長《た》けた宿はない、料理も美味ければ、女将が稀《まれ》に見る𢢫長《ろうた》けた美印《びじるし》と豪語《ごうご》するものだから、そんなに良い宿なら、是非、自分も連れて行けとねだりましてね……。では、改めて紹介いたしましょう。こいつが家内の三津にございます」

杉右衛門が先手《せんて》を取るかのように、三津を紹介した。

三津がふくよかな顔にぼっとりとした笑みを湛《たた》え、頭を下げる。

「三津にございます。いつも主人が世話になり、感謝していますのよ。なんでも、三年前にお邪魔した際には、泥酔して醜態《しゅうたい》をさらしてしまったとか……。面倒をおかけしてしまい、申し訳ありませんでした」

「いや、だから、それはさっき大番頭にも話したのだが、佐野屋がひどく酔っ払っちまって……。なあ、女将、そうだったよね?」

杉右衛門が狼狽《うろた》え、救いを求めるかのようにちらとおりきを窺う。

おりきは、大丈夫ですよ、と目まじした。

「ご酒《しゅ》が入れば、どなたさまもお酔いになりますし、心地良く酔っていただくのが当方の務め……。どうぞ、ご案じなさいませんよう……」

「そう言って下さると、安心いたしました。でも、あたくし、嬉《うれ》しくって! これまで主人からさんざっぱら立場茶屋おりきの噂を聞かされてきましたが、この男《ひと》が大風《おおぶ》呂敷《ろしき》を広げるのには慣れていましたので、話半分に聞いていたのですが、お伺《うかが》いしてみて初めて、主人の言ったことは法螺話《ほらばなし》ではなかったのだと解りましたわ。宿の佇《たたず》まいといい、﨟長けた女将さんや使用人の気扱……。何より、この見事な料理にただただ感激していますのよ。味もさることながら、器や盛りつけの素晴らしさ……。ことに、八寸の美しさには目を奪われました。蒔絵盆に裏白《うらじろ》の葉を敷いて、椿を象《かたど》った手《て》鞠寿司《まりずし》や竹串に刺した海老や鮑、数の子などが彩《いろど》りよく盛りつけてあるのですもの……。板前の感性の良さが窺えました」

お三津が、ねえ、と杉右衛門に同意を促《うなが》す。

「だろう？　ここの板頭は巳之吉といってね。京で修業したというが、あたしに言わせれば、京料理が兜《かぶと》を脱ぐほどの腕前だ。包丁《ほうちょう》の腕もさることながら、料理人の感性からいえば、八百善《やおぜん》や平清《ひらせい》の花板《はないた》も顔負け！　江戸一番の板前といっても過言はないだろう。おまえが言うように、確かに八寸も良かったが、あたしは先付に出た百合根羹が気に入りましたぞ。百合根饅頭《まんじゆう》の上に載った車海老や雲丹、銀杏が気が利いていたし、全体を柚子の二杯酢で締めたところが、気に入った……。それに、ほれ、この鰤の刺身！　現在《いま》の鰤は脂が乗って、絶品だからよ。おっ、お三津、食わないのなら、そいつをこっちに廻しなさい」

おりきが部屋に上がったのは四品目の刺身が出された直後であったが、杉右衛門の刺身皿は大葉紫蘇や防風といったものまで見事に平らげられていて、どうやら刺身好きの杉右衛門にはそれではまだ足りないとみえ、内儀の皿にまで手を伸ばそうとする。

お三津があらあらと苦笑して、自分の皿を杉右衛門の膳に移す。

これが、夫婦の有り様なのである。

三年前、連れの女性が残した刺身に手をつけようとはせず、黙って下げさせた杉右衛門……。

お優という女性と杉右衛門がどんな関係なのか判らないが、仮に妾だとしても、どうやら矩《のり》を超《こ》えることの出来ない間柄であったようである。

杉右衛門はお三津の刺身を平らげると、お品書を手に取った。

「なになに、造りの次は箸休めとな……。ほう、煎り銀杏か。そいつは愉《たの》しみだ。女将、巳之吉流会席膳というのは、実にいい！　一品ずつ出て来る仕組みには、次は何が出るのかという愉しみがあるし、熱いものは熱いうちにと絶妙の頃合いを味わえるのでな……。では、箸休めが出る前に、あたしは用を足してきますかな」

杉右衛門が立ち上がる。

「では、ご案内を……」

おりきも内儀に会釈をして立ち上がった。

二階の厠《かわや》は廊下の突き当たりである。

おりきが先に立ち案内しようとすると、杉右衛門がおりきの肩をこちょこちょとつつき、手を合わせた。

「済まなかった……。実は、三年前のことは家内に内緒でね……。まさか、家内をここに連れて来ることになるとは夢にも思わなかったものだから、三年前、あんな嘘を吐いてしまったが、どうかあの女ごのことだけは家内にはこれで……」

杉右衛門は唇に指を当て、頭を下げた。

「畏《かしこ》まりました」

「いや、それだけ確認しておきたかったのでな。女将はもう下がって下され。勝手知ったるで、厠の場所は知っているからよ」

再び、杉右衛門は胸前で手を合わせた。

「やれ、金剛堂にはとんだ冷や汗ものでしたね。あっしは三年前《めえ》のことがいつ内儀に暴露《ばれ》るかと、どぎまぎしてやしたからね」

翌朝、金剛堂夫妻を見送り帳場に戻って来た達吉は、ちょいと肩を竦めてみせた。

が、どういうわけか、おりきは呆然《ぼうぜん》としたように、手にした袱紗包《ふくさづつ》みを眺《なが》めている。

「どうかしやしたか?」

達吉が訊ねると、おりきは袱紗の中を見ろと促した。

「えっ、二両も……。これは金剛堂の?」

達吉が目を点にする。

「恐らく、口止め料の意味があるのでしょうが、それにしても多すぎます。けれども、お返ししようとすぐに後を追ったのですが、内儀が傍にいらっしゃったものですから、あからさまにお返しすることが出来ませんでした。仕方がないものですから、この次、金剛堂さまがお見えになるまで預かっておくことにしたのですが、何故かしらすっきりとしなくて……」

「けど、金剛堂は女将さんが渡した書出《かきだし》(請求書)を見たうえで、支払われたのでは……」

「ええ、それはそうなのですがね。旦那さまが一人で帳場までおいでになり、宿賃だと袱紗に包んだまま渡されましたので、中身だけ頂いて袱紗をお返ししようとすると、そのまま受け取ってくれ、袱紗は三年前に連れの女ごが借りたままになっていたものだ、と言われましてね。それで、わたくしも思い出したのですが、あのとき、お連れになったお優さまが巳之吉の手鞠麩《てまりふ》や梅麩《うめふ》を大層気に入られ、すぐに食べてしまうのが勿体《もったい》ない、もう暫く眺めていたいと言われましたので、では旅の途中で召し上がり下さいませ、と手鞠麩を小箱に入れ袱紗に包んでお渡ししたのですが、旦那さまはそのときの袱紗のことをおっしゃっていたのですよ……。それで、この袱紗は差し上げたつもりなのですよ、と言ったのですが、突然、辛《つら》そうな顔をなさいましてね」

おりきがつと眉根を寄せる。

「辛《つれ》ェって、何が……」

「お優さま、亡くなられたのですって……。いえ、わたくしが訊ねたわけではないのですよ。恐らく、傍に内儀がいらっしゃらなかったので、それで話す気になられたのでしょうが、三年前、こちらにお連れになったときにはすでに病の身だったとか……。心《しん》の臓《ぞう》が悪かったそうですが、旦那さまはお優さまがもうあまり永く生きられないと覚悟をなさっていたそうですの。それで、思い出を作るために、無理を承知で二人だけの旅をなさったのだとか……」

「なんと……。けど、そのことは内儀には内緒でってことでやすよね？」

「恐らく、そうだと思います。だから、三年前、佐野屋や仏法堂と一緒だったと嘘を吐かれたのでしょう」

「けど、死ぬと判った女ごと思い出作りの旅とは……。あの旦那、武骨《ぶこつ》な顔をして、なかなかやるもんじゃねえか！　しかもよ、そんな女ごがいたことなど噯《おくび》にも出さず、女ごを連れて来た宿に今度は女房を連れて来て、つるりとした顔をして遣《や》り過ごすとはよ！　へっ、知らぬは女房ばかりってか！　なんだか、虚仮《こけ》にされた内儀が気の毒になってきやすね」

達吉が憎体に顔を顰《しか》める。

が、おりきは首を傾げた。

本当に、お三津は夫に妾のいたことを知らなかったのであろうか。

ふわりとした仏性のお三津……。

だが、人は見かけでは計《はか》れない。

おりきには、お三津が何事にも動じない、芯《しん》の強さを秘《ひ》めているように思えたのである。

案外、杉右衛門とお優のことも知っているのかもしれない。

知っていて、敢えて、見て見ぬ振りで徹したのだとしたら……。

「わざわざ袱紗をお返しになることはありませんでしたのに……」

あのとき袱紗を返そうとした杉右衛門にそう言うと、杉右衛門は戸惑《とまど》ったような顔をした。

「いや、実は、あたしもこちらで袱紗を借りていたことを失念していましてね。ところが、支払いを済ませて来ると言うと、家内が振り分け荷物の中から袱紗を取りだし、これは三年前におまえさまが女将さんからお借りした袱紗です。裸のまま宿賃を手渡すのではなく、同じことならこれに包んで渡しなさい、と言いましてね。それで、そう言えば……、と三年前のことを思い出しましてね」

「けれども、奥さまはお優さまのことをご存知ないのでは……」

「勿論、知るはずがありません。家内には袱紗はあたしに入り用があり、女将から拝借したのだと言ってありましたからね」

あのとき、おりきと杉右衛門の間で、袱紗を巡ってそんな会話がなされたのである。

そのときには何も感じなかったが、今思うに、やはり、お三津は杉右衛門とお優が立場茶屋おりきに宿泊したことを知っていたのではなかろうか……。

渦中《かちゆう》にあるときには怖くて直視できなかったことも、女ごの存在が過去のものとなってしまうと、突如、覗《のぞ》いてみたくなる……。

その気持は、おりきにも解らなくもなかった。

だから、お三津は自分も立場茶屋おりきに連れて行けと杉右衛門にねだったのではなかろうか。

「男と女ごのこたァ計り知れねえというが、あの内儀が虫も殺せねえ仏性の女ごだけに、俺ャ、余計こそ、罪深《つみぶけ》ェ旦那が許せねえ！　が、知らぬが仏……。知らねえってことほど、強《つえ》ェこたァねえからよ」

「…………」

おりきには言葉がなかった。

「そりゃそうと、番頭見習のことでやすが、女将さんに逢ってもらいてェ男がいやしてね」

達吉が思い出したように、唐突《とうとつ》な言い方をする。

「番頭見習とは……」

おりきは言いかけ、はっと、そろそろ後進《こうしん》を育てなければならないと言った、達吉の言葉を思い出した。

六十路に手が届きそうになり、此の中とみに視力が落ちてきた達吉が、下足番の善助を例に挙げ、自分も安心して後を託せる番頭を育てたいと言い出したのは、善助が亡くなる少し前のことである。

「善爺は吾平というしっかりとした下足番に後を託して現役を退いたからいいようなものの、あっしも六十路に手が届こうという歳になりやしたからね。いつ、何が起きてもおかしくねえ……。それで、旅籠の番頭を務める男を育てなくてはと思いやしてね。いや、誤解してもらっちゃ困るんだがよ。別に、今すぐ隠居するってわけじゃなく、今のうちに後進を育てておかなきゃ、とんでもねえことになると思って……。いけやせんか？」

確か、達吉はそう言った。

それが、善助の老《お》いが如実《にょじつ》に目立つようになったときのことで、その直後、達吉は善助の死に直面したわけである。

おりきにも、達吉が老いを懼《おそ》れる気持が手に取るように理解できた。

「では、どなたか適当な男《ひと》が見つかったのですか？」

おりきは達吉を瞠めた。

「へい。見つかったというより、引き抜いちゃどうかと思いやして……」

「おやおや、穏やかではありませんね。それで？」

おりきに睨めつけられ、達吉は狼狽えた。

「実は、堺屋の番頭見習でやして……」

えっと、おりきは耳を疑った。

「女将さんが不審に思うのも無理はねえが、潤三《じゅんぞう》という男でしてね。あっしも今まで知らなかったんだが、堺屋の番頭も六十路近くになって、あっしと同じように後進を育てようと思ったのか、一年ほど前《めえ》にその男を入れたそうなんだが、育てようにも何も、堺屋はあの様《ざま》だ……。旦那が倒れて以来、見世は閉めたままだし、聞くところによると、板場衆や茶立女も見切りをつけたのか、まるで夜逃げでもするかのように一人減り二人減りしているそうで……。が、そうそう右から左へと奉公先が見つかるもんじゃねえ……。しかも、これまでの奉公先があの堺屋ときたんじゃ、この門前町では煙たがられるのが関の山！　心さら（無垢《むく》）な身体で奉公に上がっても、二、三年もすりゃ、どいつもこいつも判《はん》で押したみてェに鼻つまみ者になっているというからよ……。そんな中にいて、この潤三という男はどこか違う！　これは出入りの茶問屋の番頭から聞いた話でやすがね。潤三という男は物腰《ものごし》が柔らかく、誰に対しても謙虚《けんきょ》で、客ばかりか出入りの商人《あきんど》が口を揃《そろ》えて、あの男のことを掃き溜《だ》めに鶴と言うそうで……。それで、あっしも三日前《めえ》に逢ってきたばかりでやしてね」

達吉は掘り出し物でも見つけたかのような顔をした。

おりきが早く言えと目で促す。

「これがまた……、噂に違《たが》わず怜悧《れいり》な男でしてね。口数は少ねえが、一を聞いて十を知るようなところがあり、何より、あっしはあいつの目が気に入った！　穢《けが》れのねえ澄《す》んだ目をしてやしてね。歳は二十一……。今から仕込めば、二、三年もすれば、立場茶屋おりきの旅籠を仕切れる番頭になること間違《まちげ》ェありやせん！」

達吉が鼻蠢かせる。

「まあ、ずいぶんの入れ込みようですこと！　それで、潤三さんはうちに来る気持があるのですか？」

達吉はへいと頷いたが、何やらまだ問題があるとみえ、唇を窄《つぼ》めた。

「何か？」

「いえね、あの男にうちに来たい気持があるのは間違《まちげ》ェねえんだが、潤三が言うには、自分は堺屋の番頭に声をかけてもらい、この道に入《へえ》った、犬や猫でも三日飼《か》えば恩を忘れねえというが、自分はましてや人間……、一宿一飯《いっしゅくいっぱん》の恩義を忘れることなく、堺屋が暖簾《のれん》を掲《かか》げているうちは、見世のほうから暇を出されねえ限り、沈みかけた舟から逃げ出すつもりはねえ……、とまあ、こう言いやしてね。あっしはその言葉を聞いて、ますます潤三に惚《ほ》れ込んじまってよ！」

おりきの胸も、何故かしら、ふわりとした温かいもので包まれた。

次々と入って来る堺屋の噂には耳を塞ぎたくなるものばかりだったが、天道人《てんどう》を殺さず……。

堺屋にも、まだ、このように情の厚い若者がいたのである。

「けど、案じるこたァありやせん。早晩《そうばん》、堺屋が店仕舞《みせじめ》ェするのは間違《まちげ》ェねえからよ。潤三がうちに来るのは、それからだっていい。ただ、その前《めえ》に、一度、女将さんに逢っておいてもらいてェと思いやして……」

「それは構いませんが、潤三さんもわたくしに逢うことを承知なさっているのですね？」

「ええ、話はついてやす。潤三も女将さんに逢うのが愉しみなようでやしたからね。それで、いつ、お逢いになりやす？」

「わたくしはいつでも構いません。潤三さんの都合に合わせましょう」

「よし、決まった！」

達吉がポンと手を打つ。

「じゃ、さっそく、繋《つな》ぎをつけて参りやしょう」

堺屋栄太朗が息を引き取ったのは、それから三日後のことだった。

野辺《のべ》送りは見世の長飯台《ながはんだい》を片づけた広間で行われたが、一時は飛ぶ鳥を落とすほどの勢いで、派手《はで》なことの好きだった堺屋にしては会葬客《かいそうきゃく》も少なく、寂しい野辺送りに思えた。

が、おりきは会葬客が少ないというより、使用人の数があまりにも少ないのに、胸が詰まった。

内儀に番頭、それに、達吉がおりきの耳許で、ほれ、あの男が潤三でやすよ、と囁いた若い男と、それとは別に、茶立女が二人に板場衆が二人……。

三十名を超える大所帯だった頃に比べると、あまりの少なさに、おりきは言葉を失った。

堺屋に後継者がいなかったことに原因があるのだろうが、それにしても、人の情とはこんなにまで薄いものなのだろうか。

犬や猫だって三日飼えば……。

おりきの脳裡に、潤三の言葉が甦《よみがえ》る。

潤三は終始俯き加減で、焼香台《しょうこうだい》の傍に坐《すわ》り会葬客の一人一人に頭を下げていた。

達吉の言葉通り、凜々しい面差しをした好青年である。

おりきとはまだ正式に対面していなかったが、焼香しようと近づくと、潤三はつと目を上げておりきを瞠め、深々と辞儀をした。

憂《うれ》いと決意の漲《みなぎ》った、深い瞳が心に沁《し》みた。

潤三との正式な対面は、まだ少し先になるだろう。

が、一瞬、絡《から》まった二人の視線……。

何故かしら、おりきはそこに古くからの縁《えにし》を感じた。

それから一廻り（一週間）後のことである。

近江屋忠助がこれから堺屋と田澤屋の渡引が始まるので、おりきにも立ち会ってくれないかと言ってきた。

門前町の宿老である忠助が立ち会うのは不思議でないとしても、何ゆえ、わたくしが……、とおりきは戸惑った。

「なに、おまえさんに立ち会ってほしいと頼んだのは、堺屋のかみさんでよ。恐らく、男連中に囲まれて女ご一人というのが心細いのだろうから、傍についていてやんな。

何も肩肘《かたひじ》を張ることはない。石の地蔵《じぞう》さんを決め込んで、黙って坐ってるだけでいいんだからよ」

忠助のその言葉でおりきも渡引に立ち会うことにしたのだが、考えてみれば、堺屋の内儀とは往来で一、二度すれ違った程度で、会話らしい会話を交わしたこともない。

それというのも、これまで栄太朗が内儀をあまり表に出したがらず、外向きのことはすべて栄太朗一人が熟《こな》していたからである。

そのため、内情を知らない者は、堺屋には内儀はいないと思っていたらしく、口さがない連中など、堺屋には女将もいなければ女房もいない、いるのは婆《ばあ》やかお袋かと揶揄《やゆ》していたほどである。

それほどお庸《よう》という内儀は地味な女ごで、歳は栄太朗とおっつかっつながらも、常から素綺羅《そきら》（普段着）のためか、歳より老けて見えたのである。

たまに、おりきと往来ですれ違うことがあっても、お庸は小腰《こごし》を屈め、顔を伏せたまま通り過ぎようとする。

事実、おりきも茶屋に古くからいる茶立女のおよねから、今のが堺屋の内儀お庸さんですよ、と耳打ちされなければ、気がつかなかったほどである。

そんなお庸であるから、渡引の場に女ご一人では心細いという気持はおりきにもよく解った。

考えてみれば、女ごの立場ほど心許ないものはないだろう。

女ごは常に男の陰に隠れ、亭主や子が表舞台で活躍するのを支えていかなければならない。

それでもまだ、子供でもいれば育てるという生き甲斐《がい》があるし、無償《むしよう》の愛を捧げることも出来るが、哀しいかな、お庸には子がいなかった。

せめて、おりきのように女将として見世を束ねていれば、店衆《たなし》を我が子と思い心の交流も出来たであろうに、こうして頼り切っていた亭主に死なれてみれば、たった一人、老いた女ごが取り残されてしまうのである。

お庸さま……。

おりきの胸が熱くなった。

わたくしには腹を痛めた子はいないけど、お庸さまに比べると、ほら、こんなに沢山の家族がいるではないか……。

おりきは店衆の一人一人を頭に描き、改めて、有難うよ、おまえたち……、と呟いた。

堺屋と田澤屋の渡引は、堺屋の母屋で行われた。

お庸はおりきの姿を認めると、縋るような目をして、軽く会釈した。

今日のお庸の出で立《い》ちは、さすがに常着《つねぎ》では通らないとでも思ったのか、銀鼠《ぎんねず》の大《おお》島紬《しまつむぎ》である。

恐らく一張羅《いっちょうら》を着込んだのであろうが、野辺送りのときの喪服《もふく》にしても大島にしても、こうしてきちんと正装をすれば、お庸も決して捨てたものではない。

「ご足労《そくろう》をかけて申し訳ありません」

「構いませんのよ。お庸さま、すべてを近江屋さんにお委《まか》せしましょうね。大丈夫ですよ。決して、おまえさまが困るようなことはなさいませんからね」

そう言うと、お庸は安堵したように頷いた。

忠助の話では、やはり堺屋は菊水楼と渡をつけていたらしい。

「けれども、案ずることはありませんでした。手付として三十両支払われただけで、残りの金は年が明けてからということで、売買契約はまだ終わってはいませんでしたからね。それであたしが間に入って、おまえさんが諦《あきら》めてくれれば田澤屋が手付の倍返しをすると言っている、と言ってやりましてね。ふふっ、あのときの菊水楼の顔をおまえさんたちに見せてやりたかったよ！　まるで、飴玉《あめだま》を見せられた子供のように目を輝かせましてね。まっ、それはそうでしょう、黙って坐っていただけで濡《ぬ》れ手に粟《あわ》……。まるまる三十両が懐に入ったのですからね。それで思うんだが、菊水楼に本気で堺屋を買う気があったかどうか……。堺屋と交わした書付《かきつけ》を見せてもらったんだが、売値《うりね》が方外《ほうがい》な値でね。菊水楼に手付の三十両は払えたにしても、果たして残りの金が払えたかどうか怪《あや》しいもんだ。というのも、菊水楼の奴、つるりとした顔をして、一度に払うのは大変なので分割にしてもらうつもりだったなんてことを言うではありませんか！　あたしは唖然《あぜん》としてしまいましたよ。土地家屋《かおく》の売買で分割払いなんて聞いたこともないし、第一、あの爪《つめ》の長い（欲深い）、あっ、これは失礼を……。いえね、堺屋が分割なんて承知するはずがありませんからね」

忠助は拙《まず》いことを言ったとでも思ったのか、お庸に頭を下げた。

お庸が寂しそうな笑いを見せる。

「いいえ、構わないのですよ。あの男《ひと》ほど爪長《つめなが》な男はいませんもの……」

「お庸さん、安心して下さい。あたしどもにここを買わせていただければ、分割払いなんて吝嗇《けち》なことは言いません。手付の倍返しも当方がやりますし、なんなら、菊水楼の買値《かいね》に色をつけてもいいのですよ」

田澤屋伍吉が割って入ってくる。

「あたし……、お金のことなんて……。老い先短いというのに、お金を貰ったところでなんになりましょう」

お庸が項垂《うなだ》れ、膝《ひざ》の上でしきりに手を扱《しご》く。

金を貰っても仕方がないと言われた伍吉は、途方《とほう》に暮れたような顔をした。

「金が要らないと言われても、うちとしては正当な値で買わせてもらいますよ。それより他に方法がありませんからね。弱りましたな、近江屋さん」

忠助もうむっと腕を組んだ。

「金はないよりあるに超したことがない……。しかも、この先、老いていく身に何があるか分からないのですよ。それに、お庸さんの住まいのことも考えなければならないし、何をするにしても、先立つのは金ですからね」

「住まいねえ……。そうだ、洲崎の別荘はどうでしょう。いえね、実は、現在《いま》あたしの母親がそこに住んでいるのですがね。こちらを買わせていただけるようなら、母をここに引き取り、最後の親孝行をしようと思っているのですが、そうなると、洲崎の別荘が要らなくなりますからね……。それでね、あそこならこの見世に比べるとうんと格安なので、下男やお端女《はした》を雇ったところで、ゆうゆうと余生を送るだけの金は残る……。ねっ、皆さん、良い考えとは思いませんか？」

伍吉が忠助を窺い、続いて、おりきへと視線を移す。

おりきもそっとお庸を窺った。

お庸はどう見ても辛そうで、相変わらず俯いたまま手を扱いているが、全身から寂《せき》寥感《りょうかん》が漂ってきた。

おりきはつと伍吉に目を戻すと、そうでしょうか、と呟いた。

「田澤屋さまはこれまでお母さまを洲崎に幽閉してしまい、可哀相《かわいそう》なことをしたとおっしゃいましたよね？　佃煮を作ることを生き甲斐としてきた母のために、これからは佃煮の匂いのする場所に置いてやりたいと、そうもおっしゃいました。ご自分のお母さまのことではそんなふうに思えるのに、お子のいないお庸さまをそんな場所に住まわせても構わないのですか？　身寄りのないお庸さまには訪ねて行く人もいませんのよ。使用人が身の回りの世話をしてくれるといっても、そんなに寂しいことはありません。人は某《なにがし》かの形で他人《ひと》の役に立ち、それで活き活きとした生き方が出来るのです。お金があっても、お庸さまから生き甲斐を奪ってしまったのでは、生ける屍《しかばね》も同様……。あら、申し訳ありません。つい口幅《くちはば》ったいことを言ってしまいました」

おりきが気を兼ねたように頭を下げる。

「いや、おりきさんの言う通りかもしれない。お庸さんはこれまで見世にこそ出なかったが、母屋を仕切り、旦那の世話をしてきたんだもんな」

　忠助がそう言うと、お庸は顔を上げ、おりきを瞠めた。

「主人は表向きには派手な振る舞いをしましたが、その反動なのでしょうか、母屋に帰るとあたしに始末に始末を強《し》いて、お端女を置くことを許しませんでした。ですから、母屋の家事一切はあたし一人がすることになり、見世には出してもらえませんでしたが、それはそれで生き甲斐というか、これでも裏方《うらかた》として役に立っていると満足していました。ですから、金があるので何もしなくてよいと言われても、生き甲斐を失ったのでは……。それに、洲崎なんて……。そんなところに一人きりでいるのは嫌です。おりきさま、田澤屋さま、あたしをお端女として使ってもらえないでしょうか？」

　お庸が切羽《せっぱ》詰《つ》まったような顔をして、二人を瞠める。

　ああ……、とおりきは胸の内で呟いた。

　お庸は寂しいのである。

　人との繋がりは金に替えられるものではない。

　日々の会話や心の交流、たとえ諍《いさか》いがあったとしても、繋がりがないよりあるに超したことはない。

　お庸さえその気なら、いっそ、新しく出来る二階家に引き取ってもよいのである。

が、そう思ったとき、とめ婆さんの金壺眼《かなつぼまなこ》が眼窩を過《よ》ぎった。

どう考えても、あのとめ婆さんがお庸とうまくやっていけるはずがない。

となれば、一体どうしたものかしら……。

そう思ったときである。

「よいてや！　田澤屋がお庸さんを引き取ろうではないか。実は、今日初めて堺屋の内部を拝見したのだが、街道に面して見世があり、その奥が板場……。そして中庭を挟んで母屋となっているが、店舗は現在《いま》の茶屋部分の三分の一もあればいいのだし、残りを作業場に当てたところで、母屋がこんなにも広い。母屋に少し手を入れ、ここにあたしたち夫婦の住まいと母の隠居部屋を造り、お庸さん、おまえさんに母の世話役をやってもらいましょうか……。母は年が明けて八十二歳と高齢ですが、さほど耄碌の症状が酷《ひど》いわけでもないし、身体も丈夫です。それに、佃煮の匂いのする場所に置いてやれば、再び元気を取り戻すと思うので、ひとつ面倒を見てやって下さいませんか？　お端女だと思うことはない。家族のつもりでいてくれればいいのだからね」

伍吉が仕こなし顔にそう言った。

お庸が眉を開き、ほっとしたようにおりきを見る。

「但《ただ》し、言っておきますが、堺屋は正当な値で買わせてもらいますよ。世間から、内儀を丸め込んで田澤屋が堺屋を乗っ取った、なんて言われては困りますからね。年明け早々、契約を交わしましょう。そのときは、改めて近江屋さんとおりきさんに証人となってもらいます。いいですね？　あたしはおまえさんが要らないと言っても、金を払います。その金を何に遣おうが誰にくれてやろうが、それはおまえさんの勝手です。近江屋さん、おりきさん、それで宜しいですな？」

伍吉が満足そうに微笑む。

「ええ。わたくしもそれが一番良いかと思います」

「水は低きところに流れるというが、収まるところに収まり、お庸さんもここを離れなくて済んだのだ。栄太朗さんの死から間がないというのにこんな言葉を使うのは不謹慎《ふきんしん》と思うが、まずは目出度《めでた》い！」

忠助が戯《おど》けたように首を竦め、それで皆の胸にも和《なご》やかなものが甦った。

その後、契約、金の引き渡しは正月明け、改築作業は栄太朗の四十九日がすんでからということになり、渡引はお開きとなった。

そして、おりきがお庸に挨拶をして辞そうとしたときである。

「少しお待ち下さいます？」

お庸がおりきの耳許に囁き、中庭に下りて行った。

そうして、泉水《せんすい》の脇に植わった石蕗《つわぶき》の花を摘《つ》み取ると、黄色く輝く花を手に戻って来た。

「さして珍しくもない花ですが、おりきさまの見世では、花はいくらでも必要かと……。これね、主人が好きだった花ですの。ふふっ、なんてことはないのですよ。主人の好きな理由は、若葉や葉柄《ようへい》が食用になるから……。いかにも、あの男《ひと》らしいでしょう？　おりきさまには感謝していますのよ。これまでの主人がしてきた嫌がらせの数々……。さぞや、業が煮えることもおありだったと思いますのに、いつも柳に風と吹き流して下さり助かりました。あの男《ひと》も決して根は悪い男ではないのですが、裸一貫《はだかいっかん》、ここまで見世を大きくして参りましたもので、皆に好かれ、顧客《こきやく》の多い立場茶屋おりきが羨ましくて堪らなかったのだと思います。許してやって下さいね」

お庸が深々と頭を下げる。

「許すも何も、わたくしどもと堺屋さまの間で何かあったというわけではありませんのよ。結句、わたくしたちはよき競争相手だったのだと思います。堺屋さんに学ぶべきところも多々《たた》ありましたし、大切な競争相手を失ったのですもの、正直、寂しくて堪りません」

「そんなふうに言って下さるなんて……。おりきさま、有難うございます」

お庸の目に涙が盛り上がった。

おりきは手渡された石蕗の花を胸に抱き、堺屋さん、栄太朗さん、ご苦労さまでした……、と胸の内で呟いた。

その刹那《せつな》、おりきの目に涙が衝《つ》き上げた。

慌てて石蕗の花に目を落とすと、黄色い花が誇《ほこ》らしげに輝き、つっと、涙ぐんだおりきの目を射《い》った。

雪割草
_{ゆきわりそう}

大晦日《おおつごもり》から正月三が日にかけて大雪に見舞われ、雪掻《ゆきか》きに大わらわだった品川宿一帯も、七草《ななくさ》を過ぎると次第に寒さが弛《ゆる》み、昨日今日と、春めいた日が続いている。

「まさか、このまま春になるってわけじゃねえんだろうが、車町《くるまちょう》から門前町《もんぜんちょう》まで歩いて来る途中、雪解《ゆきげ》て斑雪《はだれ》となった草叢《くさむら》から雪割草《ゆきわりそう》や寒葵《かんあおい》が青々とした葉を覗《のぞ》かせていてよ。花はまだ咲いちゃいなかったが、俺《おり》ャ、春の兆《きざ》しを見っけたかのようで、心が和《なご》んだぜ。考えてみりゃ、あいつら偉《えれ》ェよな。寒さにもめげず、冷《つめて》ェ雪の下で花を咲かせる仕度《したく》をしてるんだもんな」

小正月《こしょうがつ》（一月十五日）のこの日、立場《たてば》茶屋《ぢゃや》おりきの二階家が完成した祝いに駆けつけた亀蔵《かめぞう》親分は、食後の甘味《かんみ》として出された善哉《ぜんざい》を食べながら相好《そうごう》を崩《くず》した。

新築祝いといっても使用人が住む二階家とあって、火災に遭《あ》った茶屋を再建したときのように宿老《しゅくろう》や町年寄を呼ぶことはせず、店衆《たなし》の一人一人に祝膳《いわいぜん》の代わりに折詰《おりづめ》弁当を配り、立場茶屋おりきの友人代表として、亀蔵だけを招いたのである。

おりきが茶を淹《い》れながら、頰《ほお》を弛める。

「あら、三角草《みすみそう》（雪割草）がもう？　では、もう暫《しばら》くすると、おえんさんが多摩《たま》から三角草を運んで下さるのでしょうね。それは愉《たの》しみですこと！」

「おえんって？　ああ、担《にな》い売り喜市《きいち》の娘か……。そう言や、此《こ》の中《じゅう》、あの男が髭籠《ひげかご》を担《かつ》いで売り歩く姿を見かけねえが、どうかしたかえ？」

亀蔵が汁粉椀《しるこわん》を長火鉢《ながひばち》の猫板《ねこいた》に戻す。

「さあ、お茶をどうぞ。喜市さんのことはわたくしも案じていましてね。おえんさんが所帯を持ち、草花の採取や担い売りを引き継《つ》いでからというもの、身体《からだ》の具合がすっきりとしないようですの。おえんさんの話では、どことといって悪い箇所はなく、ただの怠《なま》け病だそうですが、それならいいのですが誰しも寄る年波《としなみ》には敵《かな》いませんものね」

亀蔵はヘンと鼻で嗤《わら》った。

「そいつァ、娘の言うとおりでェ！　怠け病というか、心気病《しんきやまい》に違《ちげ》ェねえ。よくあるんだよ、そういうのがよ。これまで我勢《がせい》してきた者ほど、現役《げんえき》を退《しりぞ》いた途端《とたん》、心の張りを失っちまう……。七海堂《ななみどう》のご隠居しかり、田澤屋《たざわや》のお袋さんしかり……。おっ、乾物屋江尻屋《えじりや》のご隠居も息子に当主の座を譲《ゆず》った途端に行き場を失い、気鬱《きうつ》の病《やまい》ときた！　まっ、早《はえ》ェ話、死んだ善爺《ぜんじい》もそうだったんだからよ。そう思えば、堺屋《さかいや》のかみさんが、金があっても生きる甲斐《かい》のねえ人生は嫌《いや》だと言った、その気持が解《わか》るぜ。で、堺屋と田澤屋の渡引《わたりひき》のことだが、確か、四日だったと思うが、按配《あんばい》よく運んだのかよ」

そう言うと、亀蔵は煎茶《せんちゃ》を口に含み、おお、これこれ！　正月とあって、どこに行っても福茶《ふくちゃ》を振る舞われたが、やっぱ、茶はこれに限る、と満足げに笑ってみせた。

「ええ、すべて順調に運びましたよ」

「で、お庸《よう》さんは現在《いま》どこに？　まさか、もう家を明け渡したってことはねえんだろ？」

「勿論《もちろん》ですわ。まだご主人の四十九日が済んでいないのですもの……。わたくしが聞いた話では、四十九日は今月末とかで、それまでは現在《いま》のまま、お庸さまや番頭さんの他、わずかに残った使用人たちが見世《みせ》の片づけに従事《じゆうじ》するそうですの」

「そうけえ……。おっ、そう言や、近江屋《おうみや》が言ってたが、お庸さんが慰労金《いろうきん》として番頭に大枚《たいまい》の金をくれてやったんだってな？　永年《ながねん》、旦那の影となって堺屋を支えてきた男だし、それくれェはしてやっても不思議はねえが、居酒屋の一軒も出せるほどの大金だというじゃねえか。近江屋がお庸さんの太っ腹《ばら》には度肝《どぎも》を抜かれたと言ってたからよ」

亀蔵が驚きと羨望《せんぼう》の入り交じった顔をする。

「お庸さまは、老《お》い先短いというのにお金を持っていたところで仕方がない、とおっしゃっていましたからね。番頭さんがもう少し若ければ、堺屋をお譲りになったのでしょうが、そういうわけにもいきません。それで、板頭《いたがしら》をはじめ、四、五人ほど残った店衆が今後も立行《たちいき》していけるようにと、小体《こてい》な見世が開けるだけのお金を渡されたのだと思います」

「じゃ、あいつら、この品川宿に新規の見世を？」

おりきは首を傾《かし》げた。

「さあ、それはどうでしょう……。番頭さんが中心となり残った店衆が支え合っていければ、場所はどこであれ、構わないと思いますよ」

「それで、達吉《たつきち》が見込んだ潤三《じゅんぞう》という男は？　まさか、そいつも番頭について行く気じゃねえだろうな？」

亀蔵の不安そうな顔に、おりきがふふっと肩を揺《ゆ》する。

「親分ったら、心配性ですこと！　大丈夫ですよ。達吉はしっかと約束を取りつけていますもの……。それにね、野辺《のべ》送りの後、わたくしも逢《あ》いましたが、うちに来るとはっきりと返事を貰いましたのよ。達吉が太鼓判《たいこばん》を押すだけあって、それは爽《さわ》やかな若者でしてね。わたくしも気に入りました。うちに来てくれるのは、旦那さまの四十九日を済ませてからということで、それまでは堺屋で最後のご奉公をしたいと言いましてね」

「けど、そのことを堺屋の番頭は承知なのかえ？　立場茶屋おりきが引き抜いたなんて、また逆恨《さかうら》みされたんじゃ敵わねえからよ！」

どうやら、亀蔵は未《いま》だに堺屋を快《こころよ》く思っていないとみえ、憎体《にくてい》に言うと鼻の頭に皺《しわ》を寄せた。

「親分！」

おりきは目で制すと、ふっと頬を弛めた。

「そのことも、潤三さんの口から番頭さんに伝えてあるそうです。新しく出す見世について行けばいいのだろうが、自分は旅籠《はたご》の番頭として修業したい、とそうはっきりと伝えられました。番頭さんは快く許して下さったそうです。潤三さんがそれはそれは嬉《うれ》しそうに話していましたからね」

「ほう、あの男も主人《あるじ》を失い、ひと皮剝《む》けたか……。そりゃそうよ、今度はてめえが主人となって、見世を仕切らなきゃならねえんだからよ。それによ、新規に出す見世ってェのは居酒屋程度の見世だろ？　だったら番頭なんて必要ねえからよ。それよか、板場衆《いたばし》や小女《こおんな》を一人でも多く雇《やと》ったほうがいいのに決まってらァ！　なるほど、そういうことか……」

亀蔵は納得したのか、仕こなし顔をした。

が、次の瞬間、何か思いついたとみえ、改まったように、おりきに目を据《す》える。

「ところでよ、また、おめえから心配性と言われそうなんだが、堺屋の旦那の四十九日が済んだら、田澤屋は見世の大改築を始めるんだろ？　母屋を改築した暁《あかつき》にゃ、お庸さんを田澤屋が引き取り、伍吉《ごきち》さんのお袋の世話をさせると聞いちゃいるが、そうだとしても、改築中、お庸さんはどこに身を寄せるんでェ……」

ああ……、とおりきが再び頬を弛める。

「本当に、親分は心配性ですこと！　とはいえ、わたくしもそのことを案じていたのですが、それも、田澤屋さまがすでに手配済みでした。いずれ、お庸さまに母親の世話をしてもらうことになるのであれば、現在《いま》から二人を親しくさせておいたほうがよいとお思いになり、改築が済むまで、お庸さまは洲崎《すさき》の別荘で過ごされることになりましたのよ。お庸さまにとってもお母さまにとっても、こんなに心強いことはありませんわ……」

亀蔵が眉《まゆ》を開き、煙草盆《たばこぼん》を引き寄せる。

「なんでェ、なんでェ、俺の知らねえところで、すっかり話が出来ちまってらァ！」

「あらまっ、その寂《さみ》しそうなお顔はなんですか！」

おりきがひょうらかしたように言うと、亀蔵は照れたように煙草の煙を吐き出した。

「別に……。おう、寂しそうな顔とはなんでェ！　寂しいわけがねえだろ？　俺ャ、堺屋と田澤屋の渡引にゃ関係ねえんだからよ！」

おりきがくすりと笑う。

「親分に相談するまでもなく、すべてが順調に運んだのですもの、良かったではありませんか。けれども、わたくしどもで何かあるときには、包み隠さず些細《ささい》なことまで親分に相談しますので、煩《うるさ》いなんて言わないように、現在《いま》から覚悟しておいて下さいね」

「ああ、覚悟しとかァ！　俺とおめえは夫婦《めおと》じゃねえが、諸白髪《もろしらが》……。おめえのほうこそ、足手纏《あしでまと》いだなんて言うんじゃねえぜ。おっ、そりゃそうと、今日は有難《ありがと》うよ！」

亀蔵が灰吹《はいふ》きに煙管《きせる》の雁首《がんくび》を打ちつけ、おりきを瞠《みつ》める。

えっと、おりきは目を瞬《しばた》いた。

何を感謝されたのか解らなかったのである。

「一体、何を……」

「今日、こうして新築祝いに呼んでくれてよ」

「嫌ですわ、親分、改まって……。新築祝いなんて仰々《ぎょうぎょう》しいものではないのですよ。店衆が使う二階家が出来たというだけの話なのですもの」

「おめえは偉《えれ》ェよ。こうして、区切《けじめ》だからといって、店衆全員に祝膳代わりの折詰弁当を配るんだもんな。どこの見世がこんなことをしようか……。しかもよ、常なら決して店衆の口には入《へえ》らねえ、巳之吉《みのきち》の料理だぜ？　松花堂《しょうかどう》弁当だが、実に気が利《き》いてよ……。俺ャ、米粒一つ残すことなくぺろりと平《たい》らげちまったが、こんな弁当を食わせてもらえる立場茶屋おりきの店衆は幸せ者《もん》よ！　しかも、茶屋や旅籠ばかりか、彦蕎麦《ひこそば》の連中や、あすなろ園の子供たちにも配ったというじゃねえか」

「ええ。子供たちには刺身《さしみ》の代わりに揚物《あげもの》をつけたそうですけどね」

「それに加えてもらえたんだ。俺も幸せ者なら、みずきも幸せ者……」

「何を言ってるんですか。みずきちゃんはもうあすなろ園の一員ではないですか！」

　おりきがそう言ったときである。

　帳場の外から声がかかった。

「女将《おかみ》さん、幾千代《いくちよ》姐《ねえ》さんがお越しでやすが……」

　末吉《すえきち》の声である。

おりきは亀蔵と顔を見合わせ、
「どうぞ、お通しして下さいな」
と答えた。

幾千代はどうやらお座敷を抜けてきたとみえ、黒地《くろじ》裾模様《すそもよう》の紋付《もんつき》に紫の幅広帯《はばひろおび》を島原結《しまばらむす》びにし、左褄《ひだりづま》を取った着物の裾《すそ》から帯と同色縞《どうしょくじま》の間着《あいぎ》をちらと覗かせていた。髷《まげ》は櫛目《くしめ》の通った灯籠鬢島田髷《とうろうびんしまだまげ》である。

幾千代のお座敷姿を初めて目にしたおりきは、その見事なまでの艶《あで》やかさに思わず息を呑《の》んだ。

幾千代は亀蔵の姿を見て、気を兼ねたようにおりきを窺《うかが》った。

「いいかえ？ 込《こ》み入った話の途中を邪魔《じゃま》しちまったんじゃないだろうね」
「邪魔だなんて、とんでもありませんわ。幾千代さんのほうこそ、お座敷ではなかったのですか？」
「昼間の座敷を終えて、夜の座敷までにまだ少し間があるもんだから、祝いを届けようと思ってさ。完成したんだろう？　二階家が……」

幾千代はそう言うと、胸の間《あわい》から祝儀袋《しゅうぎぶくろ》を取り出した。

「気持だけ！　礼なんて言うんじゃないよ。言われるほど入っちゃいないんだからさ……」

おりきが挙措《きょそ》を失う。

「いけませんわ、そんなことをしてもらったのでは……。新築したといっても、店衆が使う二階家ですし、わたくしどもでも仰々しい祝いはしないことにしていますのよ」

おりきが慌てて祝儀袋を押し返そうとする。

「あちしに恥をかかせるつもりかえ？　一旦出したものを引っ込めるなんてことが、このあちしに出来るわけがない！　いいから、受け取っておくれ」

幾千代が鋭い目で睨《ね》めつける。

おりきとしては、これ以上、固辞《こじ》するわけにはいかなかった。

「そうですか……。では、有難く頂戴《ちょうだい》いたします」

おりきは深々と辞儀をすると祝儀袋を受け取り、神棚《かみだな》に供えた。

「幾千代さん、お腹が空《す》いていませんこと？　実は、店衆に配ろうと祝膳代わりの弁当を巳之吉に作らせましてね。たった今、親分には相伴《しょうばん》していただいたのですが、宜《よろ》しければ幾千代さんもいかがです？」

「巳之吉が店衆のために弁当を拵《こしら》えたですって！　店衆って、旅籠の？」

「それが、驚くなかれ！　旅籠ばかりか、茶屋衆《ちゃやし》や彦蕎麦、あすなろ園の餓鬼《がき》どもにまでだぜ」

亀蔵がまるで自分が振る舞ったかのように、鼻柱《はなばしら》に帆《ほ》を引っかける。

「おやまっ、そりゃ豪気《ごうき》じゃないか！　けど、店衆全員に配るとあっては、旅籠の板《いた》場衆《ばし》が音《ね》を上げたんじゃないのかえ？　えっ、では、その弁当をあちしが相伴に与《あずか》るってこと……」

「そうよ。俺ャ、もう食っちまったがよ。美味《うめ》ェぞ！　おめえも食ってみな」

「そりゃまっ、丁度、小腹《こばら》が空いちゃいるんだけど……。けど、その弁当をあちしが食っちまったんじゃ、店衆の喉《のど》締めをすることになるんじゃないかえ？」

幾千代が申し訳なさそうに、おりきを窺う。

「構いませんのよ。そういうこともあろうかと、幾つか余分に作ったと巳之吉が言っていましたので……。では、すぐに仕度《したく》をさせますので、少々お待ち下さいね」

おりきは板場へと向かった。

亀蔵が改まったように幾千代を見やり、ふふっと含み笑いをする。

「何さ、何がおかしいのさ！」

「そりゃ、おかしいさ。おめえの鼻は犬並だと思ってよ！」

「てんごうを！　親分こそ、立場茶屋おりきに祝い事があるたびに、こうしてちゃっかり顔を出してるじゃないか！」

「ちゃっかりとはなんでェ！　俺の場合は、おりきさんからお呼びがかかったのよ。おめえのように飛び込みとはわけが違う。一緒にしねえでくんな！」

「飛び込みとは何さ！　あちしは祝いを持って来たんじゃないか」

そこに、おりきが戻って来る。

「後でお汁《つゆ》をお持ちしますので、先に上がっていて下さいな」

おりきは杉板で作った松花堂を幾千代の前に置いた。

「おや、これは……」

幾千代が驚いたように、おりきを見る。

「蓋《ふた》を開けてみて下さいな。ちゃんと、松花堂になっていますでしょう？　実は、これは善助《ぜんすけ》が造《つく》り溜《た》めておいたものなのですよ」

「おっ、善爺が？　けど、造り溜めていたとはどういうことでェ……」

亀蔵が驚いたように小さな目を見開く。

「先日、吾平《ごへい》が納屋を片づけていましたら、薦《こも》を被《かぶ》った木箱が見つかりましてね。なんだろうと思って開けてみると、中から杉板を貼《は》り合わせて造った箱が出てきたではありませんか……。吾平はすぐに弁当箱だと悟《さと》り、巳之吉にこのことを知っていたのかと訊《たず》ねたそうですの。無論、巳之吉もわたくしも知りませんでした。けれども、巳之吉が思い出しましてね……。一時期、巳之吉が花見弁当や行楽弁当の仕出しを受けていたことがあったのですが、そのときは高価な提重《さげじゅう》や重箱といった蒔絵《まきえ》の弁当箱を使っていましてね。それだと、仕出しをした後、再び、下げに行かなければならず手間がかかりました。塗物《ぬりもの》の松花堂にしても同じことでしてね……。それであるとき、弁当箱ごとお客さまに差し上げても構わない、値が張らず、気さくな容器《いれもの》があればよいのに、と巳之吉が何気なく洩《も》らしたそうですの……。巳之吉が言いますには、それを善助が聞いていて、後で皆を驚かせるつもりで、寸暇《すんか》を惜《お》しんでこの弁当箱を造っていたのではないかと……。ところが、その後、三吉《さんきち》を京にやることになりましたでしょう？　それが原因《もと》で善助は気落ちしてしまい、結句、この松花堂が日の目を見ないまま、納屋で眠ることになったのではなかろうかと、そう申しますの」

おりきの説明を聞き、亀蔵が松花堂の蓋を手に取り、しみじみとしたように呟《つぶや》く。

「これを善爺が造ったとはよ……。そう言や、あいつ、手先が器用だったもんな。で、弁当箱はいくつあったのかよ？」

「完成した形のものが三十ほどで、造りかけの状態のものが二十ほど……。それで、吾平と末吉がなんとか善助の形見を活《い》かしてやろうと、二人で手分けして完成させたのですよ」

「その弁当箱を此度《こたび》使ったってことか……」

「ええ。善助が入るはずだった二階家の完成祝いですもの、この弁当箱を使ってやることが善助への感謝を込めた、何よりの餞《はなむけ》……。そう、巳之吉が申しましてね」

「そうだったのかよ。なんでェ、もっと早くそれを聞いてりゃ、そのつもりで心して食ったのによ」

「冗談も大概《たいがい》にしてくんな！　おまえさん、弁当箱の中身にしか関心がないくせしてさ」

幾千代がひょっくら返すと、亀蔵がむっとしたように唇をひん曲げる。

「置きゃあがれ！」

「まあま……。親分、幾千代さんは冗談口で言われたのですよ。さあ、召し上がって下さいな」

おりきが割って入る。

が、どうしたことか幾千代は松花堂を瞠めるばかりで、手をつけようとしない。

「どうかしましたか？」

幾千代は深々と息を吐《つ》き、首を振った。

「だって、あんまし綺麗《きれい》で、美味《おい》しそうなんだもの……」

「だったら、さっさと食えばいいじゃねえか！」

亀蔵が気を苛《いら》ったように言う。

「幾富士《いくふじ》に食べさせてやりたいと思ってさ」

「幾富士に？　そりゃまた、どうして……」

「あの娘《こ》、此の中、悪阻《つわり》が酷《ひど》くてさ。五月《いつつき》に入ったのでいい加減には治《おさ》まってもいいのに、吐き気はないんだが食が進まなくてさ。顔なんて髑髏《しやれこうべ》みたいに窶《やつ》れちまって……。そんな状態だから、お座敷にも出られなくてね。まっ、早晩、人目に立つほど腹ぼてになることでもあるし、あちしはあの娘《こ》が赤児《やや》を産むまで座敷に出すつもりはないんだけどさ……。けど、あれじゃ、身が保《も》たないと思ってさ。それで、せめて目先の違ったものでも見せれば、少しは食欲が湧《わ》くのじゃないかと思ってさ……。おりきさん、これ、持って帰っちゃ駄目かえ？　あの娘《こ》に巳之吉の料理を見せれば、一口でも二口でも食べようって気になるんじゃないかと思ってさ」

幾千代がおりきを瞠める。

「まあ、幾富士さんがそんなことに……。解りましたわ。では、巳之吉に言って、幾富士さんの弁当を作らせましょう。ですから、これは幾千代さんが食べて下さいませ。親分には善哉のお代わりをお持ちしましょうね」

おりきが再び板場へと立つ。

「おっ、有難山《ありがたやま》の時鳥《ほととぎす》！　おう、幾千代、そういうことだから、おめえも安心して食いな」

亀蔵に促《うなが》され、幾千代が箸《はし》を取る。

十文字に仕切られた松花堂の一枡《ひとます》に、瓢簞《ひょうたん》を象《かたど》ったお赤飯《せきはん》……。

そして、もう一つの枡には鯛《たい》と鰤《ぶり》の刺身で、大葉紫蘇《おおばじそ》や縒《よ》り大根《だいこん》、人参《にんじん》、岩海苔《いわのり》が添《そ》えてあり、正月らしく福寿草《ふくじゅそう》の花が一輪……。

その隣は、本膳《ほんぜん》や会席膳《かいせきぜん》でいえば、八寸《はっすん》。

枡の中に竹籠《たけかご》を入れ、その中に猪口《ちょこ》に入った紅白膾《こうはくなます》や出汁《だし》巻玉子《まきたまご》、真名鰹《まながつお》の味噌《みそ》焼《やき》、鮑《あわび》の柔《やわ》らか煮、蟹砧巻《かにきぬたまき》、黒豆松葉《くろまめまつば》差《ざ》しが彩《いろど》りよく配され、上に南天《なんてん》の紅い実をちょいと載《の》せている。

そうして、最後の枡には、炊《た》き合わせ……。車海老《くるまえび》、平目《ひらめ》の子、椎茸《しいたけ》、里芋《さといも》、蓮根《れんこん》、牛蒡《ごぼう》、人参、梅麩《うめふ》、蕗《ふき》などが、見るからに美味そうに詰まっている。

幾千代は平目の子の含め煮を口にすると、目尻を下げた。

「なんて、まろやかな味なんだろう……。幾富士って、鱈《たら》や鯛、平目と、腹子《はらこ》ならなんでも好きな娘《こ》でさァ。ああ、早く食べさせてやりたいよ！」

「ところで、幾富士はおっかさんになる腹が据わったのかえ？　ついこの前《めえ》まで、産むの産まないのと騒いでやがったがよ」

亀蔵が松花堂に手を伸ばし、おっ、貰うぜ、と蟹砧巻を摘《つま》んで口の中に放る。

幾千代はまっと睨《にら》みつけたが、ふうと太息《ふといき》を吐いた。

「腹が据わるも何も、しょうがないじゃないか。今さら、中条 流《ちゆうじようりゆう》に駆け込むわけにはいかないんだからさ。あの娘《こ》ったら、仕方がないから産むには産むが、赤児《やや》の顔なんて見たくもない、産んだらすぐに里子に出しちまうなんてほざいてるけどさ……。けど、あちしは母になる痛みを味わえば、幾富士の気も変わると思ってるんだよ。それに、乳でも出れば、誰しも母性に目覚めるというからさ。ふふっ、終《つい》しか、あちしにゃその感覚は味わえなかったけどさ……」

幾千代がどこかしら寂しそうな顔をする。

どうやら、幾千代は深川で女郎をしていた頃、妓楼《ぎろう》から強《し》いられるままに堕胎《だたい》し、その結果、二度と子の産めない身体になったことを悔《く》いているようである。

「藤四郎《とうしろう》が！　母性に目覚めたきゃ、まずは子を孕《はら》んでみなっつゥのよ！　まっ、おめえの歳《とし》じゃ、無理だろうがよ」

幾千代の過去を詳《くわ》しくは知らないのか、亀蔵はひょっくら返した。

だが、幾千代は動じることなく、艶冶《えんや》な笑《え》みを返した。

「ああ、そうさ。あちしは母性なんてまっぴだえ！」


巳之吉が幾富士のために造った弁当は、二段重ねの松花堂であった。

一段目は幾千代が食べたのと同じ内容だが、二段目が凝《こ》っていて、枡の一つに、籠に盛られた車海老、蓮根、紫蘇を巻いた白魚《しらうお》、南京《なんきん》、蕗の薹《とう》の天麩羅《てんぷら》……。

そして、もう一つの枡に、柿の葉寿司《ずし》、穴子《あなご》、しめ鯖《さば》の押し寿司が詰められ、奈良漬《づけ》と花弁生姜《はなびらしょうが》が添えてある。

さらに、残り二つの枡には、取肴《とりざかな》……。

どうやら、これは客室の夕餉膳《ゆうげぜん》と同じ内容のようで、猪口に入った海月《くらげ》と瓜《うり》の酢物《すのもの》、ぐじの若狭焼《わかさやき》、鰊《にしん》の昆布巻《こぶまき》、鶏松風《とりまつかぜ》、酢蓮根明太子《めんたいこ》射込《いこ》み、諸子《もろこ》南蛮漬《なんばんづけ》、穴子八幡巻《やわたまき》、紅白蒲鉾《かまぼこ》、はじかみ……。

「まあ、二段も……」

幾千代は感激のあまり、絶句した。

「幾富士さんがお気に召すものだけを食べて下さればよいのです。巳之吉も気を利かせて、食が進むようにと、さっぱりとした酢物を多めに取り入れたようですの……。これで、いくらかでも幾富士さんが元気を取り戻して下さると宜しいのですがね」

おりきが微笑《ほほえ》む。

「おりきさん、駄目だよ。これじゃ、なんでも鳥目《ちょうもく》（代金）を取ってもらわなくっちゃ……。幾らだえ？　払わせておくれ」

幾千代が帯の間から早道《はやみち》（小銭入れ）を取り出す。

「いえ、これはわたくしと巳之吉からの見舞いと思って下さいませ。幾富士さんにはなんとしてでも元気な赤児《やや》を産んでもらわなくてはなりませんものね……。ですから、快く受けて下さいな」

「けど、土産《おみや》に持って帰りたいと言ったのは、あちしなんだよ。飛び入りのあちしが馳走《ごち》になっただけでも気を兼ねているというのに、そのうえ、幾富士の土産までとは……。あちしはそんなつもりで言ったんじゃないんだ」

「ええ、それは解っています。解ったうえでの差出《さしで》と思って、どうか受けて下さいませ。わたくしだって、先ほど、幾富士さんの祝儀を有難く受け取ったではありませんか。ですから、見舞いと思って、どうか……。ねっ、この通りです」

おりきが胸前で手を合わせる。

幾千代が参ったという顔をし、大仰《おおぎょう》に肩息を吐く。

「じゃ、おかたじけ！　有難く、貰っとくよ」

幾千代は茶目っ気たっぷりに片目を瞑《つぶ》ってみせた。

すると、亀蔵が取ってつけたように咳《しわぶき》を打つ。

「おりきさんもおりきさんなら、幾千代も幾千代！　やろうってもんは、こいつァ春から縁起がいいや、忝茄子《かたじけなすび》ってな具合に有難く貰っときゃいいんでェ。そうやって奥ゆかしいところを見せてェのかどうかは知らねえが、俺に言わせりゃ、麻布《あざぶ》で気が知れねえ！」

亀蔵が煙管の煙を長々と吐き出す。

どうやら、おりきには意味が解らないとみえ、とほんとした顔をする。

「麻布で気が知れねえとは……」

幾千代がぷっと噴《ふ》き出す。

「おりきさんでもそんな顔をすることがあるんだね！　麻布で気が知れねえとは洒落《しゃれ》言葉でさァ。相手の気が知れないってことなんだよ」

亀蔵がしてやったりといった顔をして、後を続ける。

「麻布の近くにゃ、目黒《めぐろ》、赤坂《あかさか》、青山《あおやま》、白金台《しろかねだい》と、五色のうちの四色までの地名があるが、黄色だけねえだろ？　それで、麻布で黄（気）が知れねえというのよ。おっ、おめえ、初めて聞いたのか？」

おりきが戸惑《とまど》ったように、ええと頷《うなず》く。

「呆《あき》れ蛙《けえる》に小便《しょんべん》たァ、このことよ！　えっ、まさか、この言葉も知らねえというんじゃあるめえな？」

「いえ、それは知っています」

「親分、おりきさんをひょうらかすのも大概にしな！　この女《ひと》は西国《さいごく》の生まれだし、しかも、お武家の出……。下世話《げせわ》な江戸言葉なんて知りたくもないってさ。ねっ、そうだよね？」

幾千代が割って入り、三人は改めて顔を見合わせ、ぷっと噴き出した。

「幾千代さん、食後の甘味に善哉がありますのよ。お持ちしましょうか？」

おりきが茶を淹れながら訊ねる。

「腹中満々《ふくちゆうまんまん》！　もうなにも喉《のど》を通らないよ。あちしにゃ、まだ夜の座敷が残ってるもんでね。その前に、猟師町《りようしまち》まで弁当を届けなきゃなんないし、そろそろお暇《いとま》させてもらうよ」

「では、お包みしましょう」

おりきが二段の松花堂弁当を風呂敷《ふろしき》に包む。

「幾富士に宜しく伝えとくれ」

亀蔵が声をかけると、幾千代は頷き、片手を上げた。

「あい、伝えておきなんしょ。じゃ、おさらばえ！」

そう言うと、幾千代は右手に風呂敷包みを抱え、左手で褄を取り品《しな》を作ってみせた。

ぞくりとするほど艶やかである。

幾千代が帳場を出て行くと、亀蔵がにたりと笑う。

「幾千代の奴、そろそろ焼廻《やきまわ》ってもいい歳だというのに、あの婀娜《あだ》っぽさはどうでエ！　此の中、ますます芸者っぷりを上げやがってよ……。恐らく、幾富士が当分稼《かせ》げねえもんだから、あいつ、二人分の花代《はなだい》を稼ぐつもりで我勢してやがるのよ。聞いた話じゃ、金貸しのほうも相当入れ込んでいるということだし、あの様子じゃ、幾富士のお披露目《ひろめ》で大散財したなんて言ってたが、とっくに元は取り返《けえ》してるだろうさ！」

「まっ、親分たら、見てきたかのようなことを！　推測でものを言うものではありませんわ」

おりきが幼児でも窘《たしな》めるかのように、めっと睨めつける。

亀蔵はへっと首を竦《すく》めたが、ふと真面目《まじめ》な顔に戻すと、おりきを瞠めた。

「ところでよ、幾富士が赤児《やや》を産むのは七夕《たなばた》の頃だろ？　正《まさ》な話、幾千代は赤児の始末を考えてるんだろうか……」

「始末とは？」

「だからよ、子《こ》堕《お》ろしの出来る時期はもうとっくに過ぎた……。てこたァ、幾富士が産む覚悟を決めたに違《ちげ》ェねえんだが、問題《もんでえ》は赤児《やや》をどうするかってことでよ。幾千代の話じゃ、幾富士は赤児の顔も見ねえまま、里子に出すとか言ってるらしいが……」

「まさか……。幾千代さんがそんなことを許すはずがありませんわ。猟師町にはお端女《はした》のおたけさんもいますし、乳母《うば》を雇うことだって出来るのですもの……。それにね、終しか幾千代さんには子を持つことが出来なかっただけに、なおのこと、ご自分の手で赤児《やや》を育ててみたいとお思いなのですよ」

「てんごうを！　幾千代って女《おな》ごは母性のかけらも持ち合わせてねえ女ごだぜ？　てめえでもそう言ってたからよ。母性なんて持ちたくねえって……」

「親分、それは違いますよ。女ごに生まれたからには、誰しも一度は母になってみたいもの……。事情がそれを許さないだけの話で、幾千代さんも嘗《かつ》ての過《あやま》ちを悔いていらっしゃいましたからね」

おりきは話すべきかどうかちらと迷ったが、やはり言っておくべきだと思い直し、幾千代が深川遊里にいた頃に堕胎したことを話した。

「一度の過ちで、幾千代さんは二度と赤児《やや》を産めない身体になってしまいました。その後、運命の男《ひと》半蔵《はんぞう》さんに出逢ってから、幾千代さんは幾たび愛《いと》しい男の子を産みたいと思われたことか……。わたくしには幾千代さんの気持が解るような気がします。半蔵さんとの間に子がいたならば、幾千代さんの生き方はまた随分《ずいぶん》と違ったものになっていたはずですもの……」

亀蔵はうーんと唸《うな》った。

「そいつァ、幾千代に悪《わり》ィことを言っちまったな……。俺ャよ、そんなこととは露知《つゆし》らず、幾千代に向かって、母性に目覚めたきゃ、まずは子を孕んでみな、おめえの歳じゃ、もう無理だろうがよ、と言っちまったのよ……」

まあ……、とおりきが唖然《あぜん》とする。

「そんなことをおっしゃったのですか！」

「けど、幾千代は平気平左衛門《へいきへいざえもん》で徹《とお》してくれてよ……。やっぱ、腹が据わってるんだろうな。それによ、寧《むし》ろ、半蔵って男との間に子が生まれなくてよかったんだ！　半蔵はお店《たな》から十両盗んだと濡《ぬ》れ衣《ぎぬ》を着せられ、鈴ヶ森《すずがもり》で処刑されちまったんだからよ。後で冤罪《えんざい》と判《わか》ったところで、後の祭り……。半蔵との間に子がいてみな？　幾千代は餓鬼の顔を見るたびに半蔵を思い出し、謝らなきゃなんねえんだぜ。だってそうだろう？　半蔵は幾千代を身請《みう》けしようと爪《つめ》に火を点《とも》すようにして金を溜《た》め、その金が原因《もと》で、お店から盗んだと疑われてしまったんだからよ。そのことだけでも幾千代は自責の念から逃《のが》れられねえというのに、餓鬼がいてみなよ……。幾千代は餓鬼に対しても、おまえから父親《てておや》を奪うようなことになっちまって済まなかったね、と謝り続けなきゃなんねえ……」

亀蔵がふうと肩息を吐く。

おりきも頷いた。

「ですから、幾千代さんは我が子を持つことは諦《あきら》めておいでです。けれども、幾富士さんが産んだ子ならどうでしょう。幾富士さんが一人で育てられなくても、幾千代さんもいれば、このわたくしだっていますもの……。親分、みずきちゃんのことを考えてみて下さいな。あのとき、こうめさんが勇気を出して父親《てておや》のいない子を産んだからこそ、現在《いま》のみずきちゃんがあるのですよ」

　亀蔵の目がきらと光った。

「いけねえや……。俺ャ、みずきという名前《なめえ》が出ただけで涙ぐんじまう……。可愛《かわい》くてよ……。あいつのいねえ人生なんて考えられねえ……」

「そうでしょう？　子は天からの授《さず》かりもの……。親分にみずきちゃんが授かったように、今度は、幾千代さんと幾富士さんの二人に子が授かろうとしているのですよ。わたくしとて、叶《かな》うものなら我が子を授かりたい……。けれども、それはもう諦めました。その代わりといってはなんですが、わたくしには店衆のすべてが我が子……。わたくし、これは天からの授かりものと思っていますのよ。ですから、これ以上の贅《ぜい》沢《たく》は言えませんわ」

「なに、おりきさんだって子が産めねえわけじゃねえ」

「産みたくても、わたくしには夫がいませんもの……」

「何を言ってやがる！　巳之吉がいるじゃねえか、巳之吉がよ！」

亀蔵がひょうらかしたように言う。

おりきの頬にぱっと紅葉《もみじ》が散った。

「もう、親分ったら……」


翌日、大番頭の達吉、下足番の吾平、末吉、洗濯女のとめ婆《ばあ》さんが、新築された二階家に引っ越すことになった。

思えば、地震でそれまで住んでいた裏店《うらだな》を失うことになったとめ婆さんは、半年以上も、狭《せま》くて寒い洗濯場で寝起きしていたのである。

「永《なが》いこと洗濯場で寝起きさせてしまい、申し訳ありませんでしたね。背中が痛むのではないか、風邪《かぜ》を引くのではないかと案じていましたが、よく辛抱《しんぼう》して下さいました」

おりきが声をかけると、真新しい畳《たたみ》の上にちんまりと坐《すわ》ったとめ婆さんは、なァんの、と笑ってみせた。

「あたしゃ、根っから丈夫に出来ているもんでね。こんなに小《ち》っこい身体だもの、畳一畳もあれば御《おん》の字ってなもんでさ！　けど、新しい畳の匂《にお》いっていいもんだね。なんだか、心の底まで新《さら》になった気がするからさ……。あたしさァ、さっきから考えてたんだが、六十年近く生きてきて、これまで真新しい畳の上で寝たことがあったかどうか……。何しろ、物心ついたときから、蒲鉾小屋《かまぼこごや》同然のうらぶれた裏店暮らしでさ。しかも、六畳一間に親子六人がひしめき合ってたもんだから、正な話、遊里に売られて安堵《あんど》したくらいでさ。けど、遊里でも自分の部屋なんて持てなかった……。年季が明けて、遣手婆《やりてばばあ》になってからも同じでさ。小金《こがね》を溜めてようやく北馬場町《きたばばちょう》の裏店で一人暮らしを始めたが、そこも板間の上に茣蓙《ござ》を敷《し》いただけの四畳半一間でさ……。そんなもんだから、一遍として、真新しい畳の上で寝たことがなかったんだよ。けど、あたしなんかがこの部屋を貰っていいんだろうか……。六畳って、こんなにも広かったんだね。なんだか、やけに心細くってさァ……」

とめ婆さんが背中を丸め、金壺眼《かなつぼまなこ》をひたとおりきに据える。

なるほど、言われてみれば部屋の片隅に夜具《やぐ》一式が積み上げられているだけで、小柄なとめ婆さんには六畳間がやけに広く見える。

おりきはふわりとした笑みを返した。

「現在《いま》はまだ家具がありませんものね。では、長火鉢とか枕屏風《まくらびょうぶ》、そうですね、長持《ながもち》も入れましょうか……。そうすれば部屋らしくなりますし、今後は、とめさんが好きに使って下さればいいのですよ」

とめ婆さんは借りてきた猫のように身体を丸め、へえ、と頷いた。

二階家は、一階に六畳間が二つと四畳半が二つ、それに三畳ほどの厨《くりや》に厠《かわや》……。

そして二階が、六畳間三つに四畳半が一つ。

達吉、とめ婆さんがそれぞれ一階の六畳間に、二階の六畳間に吾平と末吉が入ることになったが、まだ二階の六畳間二つと、四畳半が空《あ》いている。

おりきはここに茶屋と旅籠の板頭をと思っていた。

そして四畳半には、いずれ達吉の下《もと》で旅籠の番頭見習に就《つ》くであろう潤三や、板脇《いたわき》の市造《いちぞう》、女中頭のおうめ、といった旅籠衆《はたごし》を……。

そうすれば、これまで茶屋の二階に茶屋衆ばかりか旅籠衆まで詰め込んでいたが、いくらかすっきりとする。

そう思っていたのだが、夕餉膳の打ち合わせにきた巳之吉を前に、相談してェことが……、と達吉が何やら深刻そうに眉根《まゆね》を寄せた。

「実は、二階家のことでやすが、弥次郎《やじろう》の奴がこれまで通りに裏店に住まわせてもらえねえだろうかと言い出しやしてね」

「二階家が気に入らないとでも？　それとも、茶屋衆の中で、自分だけが二階家に入ることを憚《はばか》っているのですか？」

おりきが訝《いぶか》しそうに達吉を窺うと、達吉は慌てた。

「気に入らねえなんて、天骨《てんこち》もねえ！　あっしも今し方六畳間で大の字になって寝っ転がってみやしたが、真新しい畳の匂いで噎《む》せ返りそうになり、有難くて涙が出そうになったほどでやすからね。猟師町の裏店に比べれば、月と鼈《すっぽん》……。誰だって、新しい二階家のほうがいいに決まってやす」

「では、何ゆえ……」

「へえ、それが今ひとつ解《げ》せなくて……」

達吉が困《こう》じ果てたような顔をする。

「巳之吉には何か心当たりがありませんか？」

おりきが巳之吉を瞠める。

巳之吉は戸惑ったように目を伏せた。

「もしかすると、女将さんが言いなすったように、茶屋衆の中で板頭の弥次郎だけが二階家に入《へえ》ることに気を兼ねてるのじゃ……。というより、考えたくはねえんだが、あっしと同じ家に住むのが嫌なんじゃねえかと……」

あっと、おりきと達吉が顔を見合わせる。

言われてみれば、二人にも心当たりがあった。

元々、茶屋の板頭弥次郎は、何かといえば、旅籠の板頭巳之吉に敵対心を剝《む》き出しにしてきたのである。

ところが、通り一遍の一見客《いちげんきやく》に広く門戸《もんこ》を開け放している立場茶屋と、一見客は取らない料理旅籠とでは、客層も違えば鳥目も違う。

土台、選《よ》りすぐりの食材や器《うつわ》で持て成す巳之吉の料理と、一皿二十文、三十文の大衆料理が競《きそ》おうと思うのが無理な話で、弥次郎もいつしか匙《さじ》を投げたと思っていたが、では、未だに……。

「けどよ、弥次郎の奴、いつだったか、分々《ぶんぶん》に風は吹く、俺ャ、立場茶屋の板頭で上等でェ、と言ってたが、じゃ、まだそんな僻《ひが》み心を……」

達吉が途方《とほう》に暮れたような顔をする。

「いや、これは飽《あ》くまでもあっしの推測でやして……。案外《あんげえ》、入《へえ》りたくねえ理由が他にあるのかもしれやせんがね」

「入りたくない他の理由とは？」

おりきが訊ねると、巳之吉は首を振った。

「いや、そいつは解りやせん」

「困りましたわね……。入りたくないというものを、無理に入れるわけにはいきませんからね。解りました！　ここであれこれと推論を言っていても始まりません。わたくしが弥次郎と腹を割って話し、真意を確かめてみましょう。達吉、手の空いたときでよいので、弥次郎にここに来るようにと伝えて下さいな」

「へい」

　そうして夕餉膳の打ち合わせに入った後、巳之吉は板場へと戻り、達吉が茶屋の様子を見に出て行った。

　見世も所帯が大きくなれば、使用人を住まわせる部屋ひとつで、頭を悩ますことになる。

　部屋数が少なければ少ないなりに、皆が肩を寄せ合い協力し合うが、それでは可哀《かわい》相《そう》だと部屋数を増やせば、それが原因《もと》で、諍《いさか》いが起きかねない。

　立場茶屋おりきの店衆では、通いは茶屋番頭の甚助《じんすけ》と板頭の巳之吉、弥次郎の三人だけ……。

　甚助は所帯持ちなので家族と共に暮らし、巳之吉と弥次郎は板頭ということもあり、おりきが裏店を借りてやっていた。

おりきが留帳《とめちょう》を捲《めく》る手を止める。

弥次郎が新しく出来た二階家に入るのを渋るということは、巳之吉も……。

あっと、おりきの頬から色が失せた。

巳之吉も他の店衆と一緒に住むのが嫌なのでは……。

そんな想《おも》いが、ふと頭を過《よ》ぎったのである。

巳之吉にとって、料理はいわば芸術である。

傍目《はため》には、巳之吉が難なく献立の数々を生み出しているように見えても、誰も巳之吉の心の中にまで踏み入ったわけではない。

仮に、巳之吉の創作意欲や感性が、仕事を終えて一人きりになったときに磨《みが》かれるのだとしたら……。

だが、そうだとすれば、何故《なぜ》、巳之吉は実は自分も……、と言わなかったのであろうか。

再び、おりきの胸がきやりと騒いだ。

巳之吉はわたくしを気遣ってくれたのだ……。

弥次郎が難色《なんしょく》を示し、自分まで拒絶したのでは、せっかく良かれと思ってしてくれた、おりきの心遣いを踏みにじることになる。

おりきの胸が熱くなる。

嬉《うれ》しくもあり、また、寂しくもあった。

やはり、巳之吉の本心を確かめなければ……。

そう思ったとき、障子《しょうじ》の外から声がかかった。

「お呼びだそうで……」

弥次郎の声である。


「大番頭さんから聞きましたが、おまえは二階家に入りたくないと言っているそうですね。本当なのですか？」

おりきは弥次郎に茶を淹れてやると、改まったように目を据えた。

「…………」

弥次郎は俯《うつむ》いたままである。

「どうしました？　黙っていては解らないではありませんか」

「へい」

弥次郎が目を上げる。

おりきはおやっと思った。

茶屋の名物として釜飯《かまめし》を出したいと直談判《じかだんぱん》に来たときの、あの目の輝き……。

それに比べて、現在《いま》の弥次郎はまるで別人のように覇気《はき》がない。

「身体の具合でも悪いのですか？」

おりきが気遣うと、弥次郎は慌てて首を振った。

「身体はいたって息災《そくさい》でやす。大番頭さんから新築したばかりの二階家に住まねえかと言われたときにゃ、夢じゃねえかと思ったほど嬉しかった……。けど、駄目なんだ。俺にはそこに住めねえ事情が……」

「事情とは？」

「へえ、それが……」

弥次郎が再び口籠《くちご》もる。

「事情があるのなら、はっきりと言って下さいな」

「実は、女ごがいやして……」

弥次郎が鼠鳴《ねずみな》きするような声で呟く。

はっと、おりきは弥次郎を凝視《ぎょうし》した。

まさか、弥次郎の口からそんな言葉が返ってくるとは思ってもみなかったのである。

だが、考えてみれば、弥次郎も三十路《みそじ》を超え、浮いた話の一つや二つあったところでおかしくはない。

「女ごとは、つまり、約束を交わした女性という意味なのですね？」

「約束を交わしただなんて……」

弥次郎が怖《お》じ気《け》づいたように首を振る。

「では、一体……」

「猟師町の海とんぼ（漁師）の女房でしてね。キヲという女ごでやすが、半年前《めえ》の地震で亭主と餓鬼を失い、独《ひと》りぼっちになっちまって……。あいつだけ助かったのは、地震が起きたときは浜で若布《わかめ》を干していたからで、裏店のほうで火の手が上がったのを見て慌てて戻ってみると、辺り一面、火の海だったそうで……。結句、キヲは亭主や餓鬼を救い出すことが出来なかった……。それで、行き場もなく何かに憑《つ》かれたように焼け跡を彷徨《さまよ》ってやしてね。実は、俺はキヲの亭主とは顔見知りでやして……。腕の良い海とんぼで、魚河岸《うおがし》より安く卸《おろ》してくれるもんだから、見世でも時たまその男から魚を買ってたんですよ。それで、俺も気になったもんだから、地震の翌朝、茶屋に出る前《めえ》に奴の裏店へと脚《あし》を向けてみたんですよ。そしたら、キヲが魂でも抜かれたかのような顔をして、焼け跡に突っ立ってるじゃねえか……。俺にゃそんなキヲを放っておけなかった……。それで、一睡もしていねえというキヲに、幸い、俺の裏店は無事だったんで、俺が仕事にでている間、うちで身体を休めてなって、言ってやったんだ……。永くいさせるつもりじゃなかった。身の振り方が決まるまで、居候《いそうろう》させてやればいいかと思ったんだが、いけねえや。気づくと、いつの間にか、男と女ごの関係になっちまってた……」

話の途中で帳場に入ってきた達吉が、挙措を失い割って入ってくる。

「キヲって、そいつは時々茶屋に魚を売りに来てた伝一《でんいち》の女房か！」

弥次郎が頷く。

「ちょ、ちょい待った！　俺ャ、一昨日《おととい》、その女ごを行合橋《ゆきあいばし》の袂《たもと》で見かけたがよ。俺の見間違《みまちげ》ェでねえとすれば、確か、その女ごは身重《みおも》……。するてェと、その女ごの腹の子はおめえの？　まさかよォ、あの腹は臨月《りんげつ》といってもいいほどの大きさだったぜ！　地震から半年……。えっ、するてェと、おめえは伝一が生きていた頃から、その女ごと出来てたのかよ！」

「まさか……」

弥次郎が寂しそうに首を振る。

「腹の子は、伝一の子でやす」

「では、おまえはキヲさんが身重と知っていて……。いえ、知っていたからこそ、なおさら不憫《ふびん》に思い、世話をしてあげることにしたのですね？」

おりきが弥次郎の顔を覗き込む。

弥次郎は項垂《うなだ》れたまま頷いた。

「だから、産み月のキヲさん一人を放って、自分だけ二階家に移ることが出来ないと……。それで、どうなのですか？　弥次郎はキヲさんと今後も連れ添う気持があるのですか？　お腹の子の父親《てておや》として、生涯、二人を護《まも》っていくつもりなのですか？　仮にそうだとすれば、きちんと区切《けじめ》をつけなければなりませんからね」

おりきに睨めつけられ、弥次郎は狼狽《うろた》えたようにもじもじと手を擦《す》り合わせた。

「区切とは、キヲと祝言《しゅうげん》を挙《あ》げるつもりかということで？」

「そうですよ。キヲさんにはお腹に赤児《やや》がいるのですもの。生まれてくる赤児のためにも、おまえの立場をはっきりさせておくべきだと思いますよ」

「そうでェ、女将さんのおっしゃる通りでェ！　おめえ、男だろうが！　はっきりしなよ。腹の子はおめえの子でねえとしても、それが解ったうえで、おめえらは夫婦《めおと》のように暮らしてるんだからよ。だったら、腹を括《くく》るこった！」

達吉がじれったそうに胴間声《どうまごえ》を上げる。

弥次郎はますます潮垂《しおた》れた。

「けど、俺には他に好いた女ごが……」

「なんだって！　他に好いた女ごだと？　てんごう言うのも大概《てえげえ》にしな！　いいかァ、耳をかっぽじって、よく聞きな！　おめえがキヲという身重の女ごに同情して、手を差し伸べてやった気持はよく解る。だったら、男じゃねえか、乗りかかった船を見捨てるもんじゃねえ！　他に惚《ほ》れた女ごがいるとしても、きっぱりと諦めるんだな。それとも何かよ？　まさか、その女ごとも約束を交わしてるというんじゃねえだろうな？」

達吉に鳴り立てられ、滅相《めっそう》もねえ、と弥次郎が首を振る。

「俺が勝手に惚れてるだけで、その女ごにゃ好きだと言ったこともねえ……」

「なんでェ、片惚《かたぼ》れってわけか……。だったらなおさら、その女ごへの未練を断つために、キヲと祝言を挙げるこった！　で、女将さん、どうでやしょう。これで弥次郎が二階家に移りたくねえ理由が判ったんだが、そうと判ったからにゃ、今月中にも弥次郎に祝言を挙げさせては……」

おりきは暫《しば》し考え、弥次郎に目を据えた。

「弥次郎、それでいいのですね？」

弥次郎は観念《かんねん》したように頷いた。

「へい……」

「解りました。では、今月中に祝言を挙げるということで、さっそく、赤児《やや》が生まれても親子三人が暮らせる広さの仕舞《しも》た屋か、棟割《むねわり》ではない割長屋《わりながや》を見つけましょう。それで、キヲさんの予定日は？」

「へえ、節分《せつぶん》の頃と聞いてやす」

「あら大変だ！　もう間がないではありませんか……」

「じゃ、あっしはさっそく借家探しに奔走《ほんそう》しやしょう。いいか、弥次郎、これからは妻子を養っていかなきゃならねえんだ、気合いを入れていけよ！　金輪際《こんりんざい》、他の女ごに現《うつつ》を抜かすんじゃねえぞ。女房、子、仕事のことだけを考えていくんだ！」

達吉の言葉に、弥次郎はようやく腹を括ったとみえ、へい、と頷いた。

どうやら、弥次郎の迷いは吹っ切れたようである。

弥次郎が茶屋へと戻って行くと、達吉が改まったようにおりきを見て、泣きたいような笑いたいような、複雑な顔をした。

「まさか、こんなことになっていたとは……。だが、考えてみりゃ、あの男らしいや！　ぞん気で横柄《おうへい》に見え、あれでなかなか情に脆《もれ》ェところがあってよ。鼻っ柱が強《つえ》ェくせして、涙もれェ……。だから、身重のキヲを見て、手を差し伸べずにはいられなくなったんだろうが、あっしに言わせりゃ、キヲって女ごも強《したた》かな女ごよ。だって、そうでやしょう？　キヲは確か三十路も半《なか》ば……。大《てえ》してご面相《めんそう》が良いわけでもねえのに、ちゃっかり、年下の弥次郎を摑《つか》んじまったんだからよ。キヲにしてみりゃ、お天道《てんとう》さまのご機嫌次第《きげんしでえ》の海とんぼの女房でいるよりも、立場茶屋おりきの板頭を亭主に持つ方がいいに決まってらァ……。そんな女ごの手練手管《てれんてくだ》にまんまと引っかかった弥次郎が憐《あわ》れというか、気の毒というか……。まっ、しょうがあるめえよ。今さら、お産間近の女ごを放り出すわけにはいかねえしよ」

達吉が仕こなし顔に言い、ふうと溜息《ためいき》を吐く。

「なんですか、達吉！　目出度《めでた》い話だというのに、その顔は……。いいですか、弥次郎が祝言を挙げるからには、わたくしたちにとってはキヲさんも家族の一員……。快く迎えてあげなければなりません」

おりきが達吉を窘める。

「解ってやすよ。愚痴《ぐち》めいたことを言うのは御座切《おざぎり》（今回限り）にしやす……。ところで、弥次郎の好いた女ごって、一体《いってえ》、誰のことなんでしょうかね？　あいつが外で女遊びをするなんてこたァ聞いちゃいねえし、もしかすると、うちの茶立女《ちゃたておんな》？　ええっ、まさか……」

「達吉、いい加減になさい！　弥次郎はその女ごのことは忘れると言っているのです。二度と口にしないで下さい」

おりきが声を荒《あら》らげ、達吉は申し訳なさそうに首を竦めてみせた。


壁に耳、徳利《とっくり》に口とはよく言ったもので、瞬《また》く間に、弥次郎が海とんぼ伝一の後家《ごけ》と祝言を挙げるという噂《うわさ》が、茶屋衆の間に広まった。

「へえェ、女ごなんかにゃ興味がないって顔をしていた、あの板頭がねえ……」

「伝一って、時々、茶屋に魚を売りに来てた、あの男のことだろ？」

「けど、確か、あの男《ひと》、四十路《よそじ》もつれだったたと思うが……。えっ、てことは、その女房というんだから板頭より年上？　そりゃさ、一つ年上の女房は鉦《かね》や太鼓《たいこ》を叩いて探せっていうから、姉《あね》さん女房ってのもまたいいんだろうけど、あの堅物《かたぶつ》の板頭を惚れさせたほどだから、その女ご、よっぽど品者《しなもん》なんだ！」

「てんごうを！　あたしが聞いた話じゃ、亭主と一緒に死んだ子は、確か十二、三歳……。だからさ、一つ年上なんてもんじゃなくて、大年増《おおどしま》！　三十路も半ばと思っていいだろうさ」

朝餉膳《あさげぜん》が一段落《いちだんらく》つき、茶立女たちは今日も噂に余念がない。

「それにさ、その女ご、お腹に赤児《やや》がいるんだってさ！」

おなみがちらと板場に視線をやり、鬼の首でも取ったかのような言い方をする。

「なんだって！　赤児《やや》が？」

おくめが甲張《かんば》った声を上げ、慌ててしっと唇に指を当てる。

「板頭も位牌間男《いはいまおとこ》（未亡人との密通）をやるなんて、大した度胸じゃないか。へっ、女ごなんかにゃ興味がないなんて顔をしていても、やるときゃやるもんだ！」

「けど、それって、板頭の子かしら……」

女中頭のおよねが首を傾げる。

「そりゃそうに決まってるさ。地震以来、猟師町の裏店に住まわせてるんだからさ」

おなみがしごく当然といった言い方をするが、およねはまだ納得がいかないとみえ、眉根を寄せた。

「けど、茶屋番頭が言ってたよ。女ごがお産間近なんで、これはなんでも祝言を急がなきゃって……。地震から数えたって、まだ七月《ななつき》……。ねっ、計算が合わないだろう？　てことは、女ごの亭主が生きていた頃から、二人は理《わり》ない仲となっていたってこと……。嫌だァ！　それじゃ、位牌間男じゃなくて、不義密通《ふぎみつつう》じゃないか……」

他人《ひと》の恋路《こいじ》ほど噂話に恰好《かっこう》ものはない。

暇さえあれば、茶立女たちはこんなふうに目引き袖《そで》引き噂話に花を咲かせたのだった。

さすがに、弥次郎を頭《かしら》に仰《あお》ぐ板場衆には口に悪を持つ者はいなかったが、それは興味がないのではなく、恐らく、弥次郎を噂の対象にしてよいものかどうか迷っているからであろう。

そんな茶屋衆の中にあって、どういうわけか、おまきだけが噂話の輪に入らず、我関せずとばかりに立ち働いていた。

茶屋番頭の甚助はそんな茶屋衆の空気を察し、昼の書き入れ時が終わると、旅籠の帳場を訪ねて来た。

「女将さん、やはり弥次郎の祝言を急いだほうがようござんすよ。噂だけが飛び交ってるもんだから、皆が浮き足立っちまって、これじゃ示しがつかねえ……」

「わたくしも案じていましたが、やはり、そうですか……。それが、弥次郎の新居を探すのに手間取ってしまいましてね。けれども考えてみれば、何も祝言と同時に新居に移ることはないのですものね。では、さっそくキヲさんをここに呼び、祝言の日取りを決めることにいたしましょう」

おりきはそう言うと、下足番の末吉を呼び、猟師町までキヲを迎えに行くようにと告げた。

キヲがやって来たのは、七ツ（午後四時）少し前である。

おりきは帳場に入って来たキヲを見て、少し戸惑った。

思い描いていた女性と、キヲがあまりにもかけ離れていたのである。

何しろ小柄で、上背《うわぜい》だけ見ると、とめ婆さんとおっつかっつで、おりきの肩にも届かない。

その身体で、お腹だけが前に迫り出しているのであるから、咄嗟《とっさ》におりきの脳裡《のうり》を酒徳利《さかどつくり》を手にした信楽焼《しがらきやき》の豆狸《まめだぬき》が過ぎったほどで、しかも、日焼けした額や目尻に刻《きざ》まれた烏《からす》の足跡（皺）……。

しかも、身形《みなり》にいたっては、じれった結びにした髪には櫛目の跡《あと》もなく、子を身籠《みご》もるほどだからまだそんなに大年増とはいえないのであろうが、ぱっと見には、どう見ても四十路を疾《と》うに超えている。

そんなキヲを引け目に思ってか、一緒にやってきた弥次郎が怖ず怖ずとおりきを窺った。

「こいつがキヲでやして……」

そう言うと、顎《あご》をしゃくって、キヲに挨拶《あいさつ》をしろと促す。

キヲはのけ反《ぞ》ったような姿勢で畳に坐ると、お腹を抱え、首だけでぺこりと会釈《えしゃく》をした。

おりきがそんなキヲに目許を弛める。

「弥次郎から話は聞きました。その様子では、どうやらお産が近いようですね」

おりきの言葉に、キヲは再びひょいと頭を下げた。

「おめえ、口はねえのか、口はよォ！　女将さんが訊ねていなさるんだ。ちゃんと答えなくてどうするかよ！」

弥次郎が面目《めんぼく》なさそうな顔をして、キヲを叱《しか》りつける。

「へえ、済んません……。産婆《さんば》の話じゃ、節分過ぎってことで……」

キヲは消え入りそうな声で答えたが、意外にも、声だけ聞くと小娘のように若々しい。

「そうですか。では、祝言を急がなければなりませんね。実はね、赤児《やや》が生まれるとなったら、現在《いま》の棟割では手狭《てぜま》だろうと思いましてね……。それで、仕舞た屋か、せめて二階建ての割長屋をと思って探させているのですが、あの地震以来、貸し店《だな》の不足状態が続いていますでしょう? それで、未だに見つけられないのですが、何も、祝言と同時に、新居に移ることはないのですものね。それで、今日は祝言の日取りを決めようと思いましてね」

「祝言……」

キヲは絶句した。

弥次郎が慌てたようにキヲの袖を引く。

「夕べ、ちゃんと説明したじゃねえか! 祝言も挙げていねえ男と女ごが一緒に暮らしてちゃなんねえ、赤児《やや》が生まれるのを契機に、この際、二人の関係をはっきりさせろと女将さんが言いなすったと……」

「赤児《やや》が生まれるたって……。けど、この子、おまえの子じゃ……」

キヲが心許《こころもと》ない声を出し、上目遣《うわめづか》いに弥次郎を見る。

「そんなこたァ解ってる。女将さんも大番頭さんも皆知っていて、俺におめえの腹の子の父親《てておや》になれと言って下さってるんでェ……」

キヲの目にわっと涙が盛り上がった。

「本当に、本当に、それでいいのかい？　あたしみたいな女ごがおまえの女房になるなんて……。地震で身寄りを失い、行き場のないあたしを住まわせてくれただけで感謝してるのに、そのうえ女房だなんて……。それじゃ、罰《ばち》が当たっちまう」

キヲの浅黒い頰を、大粒の涙がつっと伝い落ちた。

「いいって言ってるじゃねえか！　俺ャ、御為《おため》ごかしを言って、おめえに手をつけちまったんだ。男として、責任を取らなきゃなんねえからよ……。それによ、腹の中の餓鬼はまだ生まれちゃねえんだ。俺の餓鬼で徹したって構わねえんだからよ」

「キヲさん、弥次郎もああ言ってくれています。良かったではないですか！　これで、生まれてくる赤児《やや》に父親《てておや》が出来るのですものね。そのためにも、形だけでも祝言を挙げましょうね。それでどうかしら？　身内だけの約《つづ》まやかな祝言ということで、うちの広間を使ったらどうかと思い、空《あ》いている日を調べましたら、丁度、明後日《あさって》が空いていますのよ。それで宜しいかしら？」

おりきが弥次郎に目を移す。

「明後日……。へえ、俺のほうは構いやせん。明日中に明後日の仕込みの算段をしておけば、昼の書き入れ時が終わって夕餉膳に入《へえ》るまでなら、見世のほうは他の奴らで廻《まわ》せやすんで……」

「それで、弥次郎には祝言に呼びたい人がありますか？　といっても明後日のことで、遠方だと間に合いませんが……」

「いや、俺の身内は弟だけでやす。けど、その弟も十歳の時に神奈川に貰われていったきりで、以来一度も逢ってやせん。だから、いねえにも等しく、キヲのほうは地震で亭主や子を失い、それこそ天涯孤独《てんがいこどく》の身……。ですから、身内だけと言われても、恥ずかしい話だが、参列してくれる者なんていねえんで……」

弥次郎が寂しそうに頬を歪《ゆが》める。

「では、亀蔵親分に立ち会っていただきましょう。親分にわたくし、そして、大番頭に茶屋番頭……。心の通じ合った者だけが立ち会えばいいのですものね。ねっ、大番頭さん、それでいいですよね？」

おりきに言われ、達吉がポンと手を打つ。

「それで決まりだ！　こうなりゃ、ひとつ、親分に高砂《たかさご》やァ～～と謡曲《ようきょく》でも唸ってもらいやしょうかね。それで祝膳のことでやすが、三三九度《さんさんくど》の盃《さかずき》を交わすだけで、後は省《はぶ》きやすか？」

「いえ、それはなりません。いくら形だけといっても、二人には門出《かどで》となるのです。巳之吉に祝膳を作らせましょう」

おりきがそう言うと、弥次郎が狼狽えた。

「巳之さんに……。そりゃ、いけやせん！　料理旅籠の板頭に作らせたとあっちゃ、俺ャ、一生頭が上がらねえ……」

おりきは鋭い目を弥次郎に向けた。

「莫迦《ばか》なことをお言いじゃないよ！　茶屋衆も旅籠衆も、立場茶屋おりきの家族ではないですか。家族の祝い事を家族が祝わないでどうしますか！　本来ならば、祝言の席に店衆全員に坐ってもらったっていいのです。けれども、年中三界《ねんじゅうさんがい》暇なしの商《あきな》いをやっていますと、そういうわけにはいきません。ですから、巳之吉に祝膳を作ってもらったところで気を兼ねる必要はないのですよ」

「へい」

叱られたとでも思ったのか、弥次郎が潮垂れる。

が、その刹那《せつな》、おりきは目から鱗《うろこ》が落ちたような顔をした。

「そうだわ！　店衆全員を祝いの席にという言葉で思いついたのですが、祝言の祝膳とは別に、此度も店衆全員に折詰を配ることにしましょう。幸せや目出度さのお裾分《すそわ》け……。そうすれば、店衆全員が弥次郎を祝ったことになるのですものね」

どうやら、おりきは自《みずか》らの思いつきに興奮したようで、少女のように目を輝かせた。

「祝膳の他に、店衆全員に折詰とは……。それじゃ、巳之さんに……、いや、巳之さんだけじゃねえ、旅籠の板場衆に迷惑がかかっちまう……」

弥次郎は気後《きおく》れし、そろりとおりきを窺った。

「迷惑なものですか！ つい先日、二階家の完成を祝って、店衆全員に折詰を配ったばかりではありませんか。あれで要領は解っているでしょうから、巳之吉も快く承諾してくれることでしょう」

「女将さん、そいつァいいや！ 是非《ぜひ》、それでいきやしょう」

達吉が今度はポンと膝《ひざ》を打つ。

「それじゃ、俺も弁当の仕込みを助《す》けやしょう」

弥次郎が恐縮したように言うと、達吉が呆れ顔をしてどしめいた。

「莫迦も休み休み言いな！ 誰の祝言だと思ってやがる。花婿《はなむこ》というもんはよォ、何もかもを他人《ひと》に委せて、大きな顔をして坐ってりゃいいのよ！ それじゃ済まねえと思うのなら、次に巳之吉が祝言を挙げるとき、今度は、おめえが率先《そっせん》して祝ってやるこった」

弥次郎がしおらしく、へいと頷く。

達吉は満足げにおりきを見た。

おりきは挙措を失い、目を泳がせた。

次に巳之吉が祝言を挙げるとき……。

一瞬、きやりと高鳴った胸の内……。

おりきは動揺を鎮《しず》めようと、取ってつけたように頬に笑みを貼りつけた。

やれ、どうやら誰も気づかなかったようである。

おりきはほっと胸を撫《な》で下ろした。


弥次郎とキヲが辞すと、次は巳之吉との打ち合わせである。

「急なことで、造作《ぞうさ》をかけて済みませんね」

おりきが頭を下げると、どうやら巳之吉にも祝言の噂は入っていたとみえ、ふっと笑ってみせた。

「造作なんて滅相もねえ……。茶屋の板頭が祝言を挙げるのでやすからね。この巳之吉、心を込めて祝膳を作らせていただきやす。それに、店衆全員に祝いの折詰を配るという女将さんの考えに大賛成でやす。実は、出過ぎたことと知ったうえで、あっしからも店衆全員に祝儀の折詰を配っちゃどうかと提案するつもりでいやした……」

巳之吉はそう言うと、胸の間から折詰用の品書《しながき》を取り出した。

「この前《めえ》と同じで、店衆の折詰には杉板の松花堂を使いやす。で、此度は赤飯の代わりに、松花堂の一枡《ひとます》にちらし寿司を詰め、もう一枡が刺身……。残りの二枡に取肴や揚物を詰めてェと思いやす」

巳之吉は例によって絵入りの品書を広げて見せた。

一つ目の枡、ちらし寿司は五目山菜《ごもくさんさい》ちらし寿司の上を錦糸《きんし》玉子《たまご》で覆《おお》い、さらにその上に、焼き穴子、才巻海老《さいまきえび》、蝦蛄《しゃこ》、蕨《わらび》、木の芽、紅生姜《べにしょうが》が彩りよく散らしてあり、いかにも食をそそりそうな一品となっていた。

そして二つ目の枡には、赤絵《あかえ》角皿《かくざら》に入った刺身盛り……。祝儀とあってここはやはり鯛が欠かせないが、他に赤貝《あかがい》と烏賊《いか》が、防風《ぼうふう》や赤紫蘇《あかじそ》、大葉紫蘇、長芋《ながいも》、山葵《わさび》と一緒に盛られている。

三つ目、四つ目の枡が取肴で、出汁巻玉子、鰆《さわら》の西京漬《さいきょうづけ》、穴子八幡巻、車海老の黄《おう》金挟《ごんはさ》み、白魚の唐揚《からあげ》、たらの芽と筍《たけのこ》の天麩羅、椎茸の含め煮、鯛の子と蕗、筍の炊き合わせ、床節煮《とこぶしに》、菜の花のお浸《ひた》し、助子《すけこ》昆布《こぶ》巻《まき》……。

初春らしく爽やかで、実に、目出度き色合いの詰まった弁当である。

すると、巳之吉はおりきに言われる前に、もうこの品書を用意していたのであろうか……。

おりきの胸が、じんと熱くなる。

「いかがでやしょう？」

言葉を失ったおりきを訝しがり、巳之吉がそっと上目に窺う。

おりきは目頭を押さえ、ふっと微笑んだ。

「有難う。おまえが弥次郎のためにここまで考えていてくれたのだと思うと、なんだか胸が一杯になりましてね」

「お気に召して下せえやしたでしょうか」

「勿論ですわ！　目出度さと春をかけて、ちらし寿司にしたのは妙案ですことよ。一枡を刺身にしたのも祝言らしくて良い考えですし、取肴の気の利いた取り合わせ！これなら、店衆が悦《よろこ》ぶこと間違いありませんわ。それで、急なことですが、食材は揃《そろ》いそうですか？」

「へい。特別なものはありやせんし、筍や蕨といったまだ走りの山菜も、値は高《たけ》ェがやっちゃ場（青物市場）に出てやしたからね。それより、祝膳のほうでやすが、これは何人前《めえ》で？」

「それが、身内だけの約まやかな祝言と思っていたのですが、弥次郎にもキヲさんにも身内がいないそうですの……。それで、弥次郎とキヲさんの二人に、亀蔵親分、わたくし、大番頭、茶屋番頭の六名だけの祝膳となりました」

「六名でやすか……。でしたら、本膳ではなく、会席風に一品ずつ出す趣向《しゅこう》で構いやせんか？」

「構いません。弥次郎はおまえに遠慮しているのか、形だけの祝言なのだから大袈裟《おおげさ》なことはしなくてよいと言っていますが、人生において慶事《けいじ》なんてそうそうあるものではありませんからね。巳之吉に委せますので、心置きなく祝ってやって下さいな」

「へい。では、祝言は明後日ということで、明日までに祝膳の品書を考えておきやす」

巳之吉はそう言うと、おりきを瞠めた。

「正な話、弥次郎が二階家に入《へえ》りたがらなかった理由が判り、安堵しやした。もしかすると、あっしのせいではと案じてやしたが、こんなに目出度《めでて》ェ話だったとは……。そうと判ったからには、弥次郎のために心を込めて祝膳を作ってやりてェと思いやす」

おりきも目を細める。

が、次の瞬間、別の不安が頭を擡《もた》げた。

「巳之吉、この際だから訊《き》いておきますが、おまえは本当に二階家でいいのですね？」

おりきが巳之吉に目を据える。

「と言いやすと？」

巳之吉にはおりきの言葉の意味が解らないとみえ、とほんとした顔をした。

「これまで、おまえと弥次郎には猟師町の裏店に住んでもらっていました。板頭の立場にある二人には、他の店衆と一緒に使用人部屋とはいかないと思ったからですが、猟師町の裏店は一人住まいといっても、建付《たてつけ》の悪い六畳一間でした……。それで二階家を建てることになった折、おまえと弥次郎に一部屋ずつ与えることにしたのですが、そうなると、自分の部屋はあっても、常時、誰かと顔を突き合わせることになり、自分だけの世界に浸る、自由なときが持てなくなるのでは……、と気にかかりましてね。わたくしに気を兼ねることはないのですよ。巳之吉が自分だけ他の場所に住みたいというのであれば、現在《いま》、弥次郎の新居を探しているところですので、それとは別に、巳之吉の部屋も探してもよいと思っていますの」

巳之吉はようやく意味が解ったとみえ、ふっと頬を弛めた。

「そんなことを考えておいででやしたか……。あっしは悦んで二階家に入《へえ》らせていただきやす。他の店衆と一緒だといっても、自分の部屋がありやすし、あっしの場合、誰かと所帯を持つわけでもありやせん。それに、自由なときを持つといっても献立を考えたり品書を書くことくれェのことで、それなら自分の部屋で出来やすからね。しかも、これまでは猟師町と旅籠を往復していやしたが、その手間が省けるんだ……。それより何より、あっしは立場茶屋おりきに少しでも近《ちけ》ェ場所にいてェと思いやす。あっしはここが好きでやすからね。それに……」

巳之吉はそこまで言うと、さっと目を逸《そ》らした。

おりきの胸が早鐘《はやがね》を打つ。

何か言わなければと思うのだが、言葉が出て来ない。

「ですから、あっしのことは心配《しんぺえ》しねえで下せえ。じゃ、あっしはこれで……」

巳之吉が慌てたように頭を下げ、帳場から出て行こうとする。

その背に、おりきが上擦《うわず》った声を投げかける。

「巳之吉……」

ぎくりと振り返った巳之吉に、有難うね、とおりきが声をかける。

巳之吉は照れたような笑いを残し、帳場を出て行った。

あっしは立場茶屋おりきに少しでも近《ちけ》ェ場所にいてェと思いやす。あっしはここが好きでやすからね。それに……。

あの後、巳之吉はなんと続けたかったのであろうか……。

そう思っただけで、再び胸にさざ波が立ち、おりきはますます挙措を失った。


「どうでェ、なかなかいい祝言だったじゃねえか」

亀蔵が長火鉢の傍《そば》にどかりと腰を下ろし、継煙管《つぎきせる》に煙草を詰める。

「本当にそうでしたわね。急拵《きゅうごしら》えにしては上出来ですわ」

おりきも茶を淹れながら満足そうな顔をする。

「弥次郎もああしてみると、なかなか見栄《みば》えのする男じゃねえか。ふふっ、着慣《きな》れねえ紋付袴姿《もんつきはかますがた》でやけにしゃちこ張ってやがったがよ。けど、俺ャ、たまげたぜ。祝膳を前にして、弥次郎が突然泣き出すもんだからよ……。そりゃよ、祝肴《いわいざかな》の後に出た刺身盛りには巳之吉の弥次郎への想いが詰まり、料理人としての感性の豊かさに俺も感服したがよ。まさか、弥次郎が感激のあまり声を上げて泣き出すとは……」

亀蔵が小鼻をぷくりと膨《ふく》らませる。

亀蔵がご満悦《まんえつ》なのも無理はない。おりきの脳裡《のうり》にも、未だにあのときの光景が焼きついているのである。

三三九度の盃が交わされ、祝肴の勝栗《かちぐり》、相生《あいおい》結び牛蒡、吸物《すいもの》の夫婦蛤《めおとはまぐり》の清《す》まし仕立てが出た後であった。

刺身盛りとして、輪島塗《わじまぬり》の脚付長方盆《あしつきちょうほうぼん》に金銀の水引《みずひき》と松をあしらった伊勢海老《いせえび》の舟盛りが出された。

大ぶりの伊勢海老の姿造りの前面に鯛松皮造《まつかわづく》りと烏賊の薄造りで波が描かれ、まさに大海原《おおうなばら》に大漁船を漕《こ》ぎ出すといった演出で、鯛と烏賊のところどころに配された穂《ほ》紫蘇《しそ》や防風、山葵がいかにも波間を漂っているかのように見え、誰もがあっと息を呑んだ。

弥次郎はその刺身盛りを前にして、クックと肩を顫《ふる》わせ、ついには声を上げて泣き出したのである。

「どうしてェ！」

達吉が驚いて声をかけると、弥次郎はまたもや激しく肩を顫わせ、噎《むせ》び泣いた。

「俺ャ、嬉しくって……。巳之さんが俺のためにこんなにも凄《すげ》ェ料理を作ってくれたのかと思うと……。俺ャ、莫迦だった……。俺なんて、どんなに釈迦力《しゃかりき》になったって、巳之さんの足許にも及ばねえ……。土台、競おうなんて思ったのが間違《まちげ》ェだった……。俺ャ、調子者《ちょうしもん》だからよ、板頭だなんてちやほやされて、天狗《てんぐ》になってただけなんでェ……」

「もういい、弥次郎、解ったからよ……。目出度《めでて》ェ席に涙は禁物《きんもつ》だ！　見なよ、花嫁《はなよめ》までが泣き出しそうになってるじゃねえか」

茶屋番頭の甚助が宥《なだ》め、ようやく、弥次郎は涙を拭ったのだった。

亀蔵はそのときのことを言ったのである。

「けどよ、俺にも弥次郎の気持がよく解らァ……。それほど、巳之吉の料理は凄《すご》かったからよ」

「そうでしたわね」

おりきは頭の中に巳之吉の祝膳を思い描いた。

亀蔵が続ける。

「八寸や椀物《わんもの》、炊き合わせと、どれ一つ取っても、目でも舌でも存分に愉しませてもらったが、なんといっても祝膳らしい演出は、焼物《やきもの》だ。岩塩《がんえん》を敷き詰めた丸盆《まるぼん》の上を松葉で覆い、真名鰹の奉書《ほうしょ》焼きや蛤が載っかってるんだもんな。奉書を紅白の水引で結んであるのが婚礼らしくてよ……。俺ャ、巳之吉の腕を改めて知ったような気がしたぜ」

「弥次郎や番頭たちは仕事の合間を縫《ぬ》っての祝言でしたので、あまり時間がかけられないため品数は少なかったのですが、見事なまでに充実していましたわね」

「へへっ、それにしても、キヲのあの恰好！　嗤っちゃいけねえと思いつつも、俺ャ、噴き出しそうになっちまったぜ！　慌てて古手屋《ふるてや》で都合をつけたのか、貸衣装なんだろうが、あれじゃ紋付裾模様《もんつきすそもよう》が可哀相《かえいそう》……。いけねえや、また思い出しちまったぜ！」

亀蔵がぷっと口に含んだ茶を噴き出す。

「親分！　いけませんよ。そんなことを言っては……。お腹が大きいのですもの、仕方がありませんわ」

おりきはきっと目で制したが、亀蔵が噴き出したくなるのも無理はなかった。

臨月のキヲはお腹が大きすぎ、帯を締めようにも乳房の辺りでしか締められない。しかも、お端折《はしよ》りなどとんでもない話で、上背のないキヲが裾模様を着ると、芸者か遊女にでもなったかのように、裾を引きずってしまうのだった。

「けれども、キヲさん、綺麗でしたよ。何より、嬉しそうでしたし、これで安心して赤児《やや》を産むことが出来ますわ」

おりきがそう言うと、亀蔵がにたりと嗤う。

「そりゃまっ、馬子《まご》にも衣装というからよ。けど、弥次郎も物好きな男だぜ。あれでもご面相がいいというのなら別だが、年増の腹ぼて女のどこがいいんだか……。まっ、蓼《たで》食う虫も好き好き、醜女《しこめ》の深情《ふかなさ》けともいうし、案外《あんげえ》、身体の相性《あいしょう》がいいのかもしれねえからよ」

「親分！」

おりきの一喝《いっかつ》に、亀蔵はへっと首を竦めた。

そうして、旅籠に泊まり客が次々に到着し、茶屋が夕餉の客で賑《にぎ》わい始めた頃である。

おりきが客室の挨拶を済ませ、階段を下りて来たときである。

何故かしら、妙に胸がざわめいた。

周囲《まわり》には人気《ひとけ》がない。おりきは怪訝《けげん》に思いながらも帳場を覗いてみた。

やはり、誰もいない。

一体、どうしたことかしら……。

おりきは首を傾げ、そのまま帳場に入って行った。

が、またもや、胸の奥がざわりと揺れた。

おりきは何かに憑かれたように水口に廻ると、中庭へと出て行った。

月明かりの中、中庭のところどころに残った雪が淡々《あわあわ》とした光を放っている。

雪解の庭はぬかるんでいて、下駄《げた》を踏みしめると、ザクリと音がした。

目を凝《こ》らし月明かりの庭を見回すが、別に変わった様子はなさそうである。

気のせいだったのだ……。

そう思い、引き返そうとしたときである。

再び、ザクッザクッと音がした。

どうやら、音は茶室のほうから聞こえてくるようである。

おりきは水口まで引き返すと、提灯《ちょうちん》に灯を点し、再び中庭に出て行った。

そうして、そっと足音を忍ばせ茶室に近づいて行くと、躙《にじ》り口の手前で、地べたに蹲《うずくま》り一心不乱《いっしんふらん》に残雪を掻き分ける、女の姿を捉《とら》えた。

「誰ですか！」

おりきが声をかけると、女が振り返った。

「おまき……。おまきではないですか。一体、何をしているのですか！」

おりきが提灯を翳《かざ》し、近寄って行く。

おまきは蹲ったまま、後《うし》ろ手に何かを隠した。

怯《おび》えたような顔をしている。

「何を隠しているのですか？　お見せなさい」

おまきは悪さをして叱られた幼児のような顔をした。

「ごめんなさい……」

「叱っているのではないのですよ。ですから、何を隠しているのかお見せなさい」

おまきは項垂れたまま、後ろに回した手をそっと前に戻した。

「これは……、弥次郎の祝言の祝いにと、皆に配った折詰ではないですか！　折詰を何故……」

そう言いかけ、おりきはあっと口を閉じた。

おまきは折詰の中身を雪間に掘った穴に捨てようとしていたのである。

その瞬間、おりきはおまきの胸の内を悟った。

おまきには、素直に弥次郎とキヲの祝言が祝えないのである。

十六歳のときに、奉公に上がった小間物屋の主人《あるじ》におさすりとして弄《もてあそ》ばれ、駆け落ちした幼馴染み《おさななじ》の悠治《ゆうじ》には金を奪われ、挙句《あげく》、立場茶屋おりきに置き去りにされたおまき……。

茶立女として茶屋で働くようになってからも、幾たび、男に淡い想いを寄せては裏切られたことだろう。

飯盛女《めしもりおんな》を身抜《みぬ》けさせようとした治平《じへい》、長患《ながわずら》いの妻女や息子を手にかけ、自害してしまった浪人の柳原嘉門《やなぎはらかもん》……。

そして、およねの話では、一時期、おまきは巳之吉にも片惚れしていたという。

凡《およ》そ、おまきほど男に惚れやすい女ごはいないだろう。

しかも、その相手ときたら、尽《つ》くしても尽くし甲斐のない相手ばかり……。

ところが、二度と男なんか……、と口では言いながらもまだ懲《こ》りずに、気づくと、おまきはまたもや誰かに恋しているのだった。

そんなおまきであるから、決して見目《みめ》よいとは言えない身重のキヲと、弥次郎が所帯を持つことが許せないのであろう。

それとも……。

あっと、おりきはおまきに目を据える。

まさか、おまきは弥次郎を秘《ひそ》かに慕《した》っていたのでは……。

そう思ったとき、弥次郎の言葉が甦《よみがえ》った。

「けど、俺には他に好いた女ごが……」

「俺が勝手に惚れてるだけで、その女ごにゃ好きだと言ったこともねえ……」

弥次郎が片惚れしていたという女が、おまきだとしたら……。

ということは、互いに想いを寄せながらも、口に出して言うことが出来なかったということ……。

おりきの胸がきりりと疼《うず》いた。

またもや、おまきは手の届かない男に惚れてしまったのである。

「おまき、もう何も言わなくてよいのですよ。おまえの気持は解っています。けれども、食べ物に罪はないのですもの、粗末《そまつ》にするのは止《よ》しましょうね」

「女将さん、あたし……。あたし……」

「この折詰はわたくしが預かっておきます。おまえは一度茶屋に戻り、わたくしから呼ばれたとおよねに断り、改めて、帳場にいらっしゃい。今宵の夜食はこの折詰しかありませんからね。食いそびれると、朝までお腹が保ちませんよ。それにね、この折詰は巳之吉が心を込めて作ったものですし、他人《ひと》を祝う心は自分をも祝うことに繋《つな》がるのですからね。実を言うと、わたくしもまだ食べていませんのよ。ですから、わたくしと一緒に食べましょう。ねっ、そうなさい！」

おまきが怖ず怖ずと顔を上げる。

そして、はい、と頷いた。

その瞬間、つっと頬を伝った涙がぽとりと斑雪の上に落ちた。

恐らく、この残り雪も、明日には雪解雫《ゆきげしずく》となるだろう。

「考えてみりゃ、あいつら偉《えれ》ェよな。寒さにもめげず、冷《つめ》てェ雪の下で花を咲かせる仕度をしてるんだもんな……」

ふっと亀蔵の言葉が甦った。

寒さに耐え、じっと春が来るのを待つ雪割草……。

おまき、きっと、おまえにも春が来ますよ。そう思ったとき、楚々《そそ》とした可憐な雪割草の花がおりきの眼窩を過ぎていった。

どうか、おまきの憂《うれ》いもこの雪解雫と共に溶《と》けて流れていきますように……。

そう願わずにはいられなかった。

花冷え

左官の朋吉《ともきち》は鯔背《いなせ》に弥蔵《やぞう》を決めると、八文屋《はちもんや》の暖簾《のれん》をはらりと頭で払い、おっ、俺《おり》ャ、いつものな、とこうめに声をかけてどかりと樽席《たるせき》に坐《すわ》った。

が、隣に坐った男の汁椀《しるわん》がちらと目に入るや慌てて腰を浮かせ、向かいの男の汁椀を覗《のぞ》き込む。

「なんでェ、なんでェ、一体《いってえ》、おめえら何を食ってやがる！」

朋吉がお茶を運んで来たこうめに訊《たず》ねる。

「何って……。仙《せん》さんは鰯《いわし》の梅煮《うめに》に鮪納豆《まぐろなっとう》。岩伍《いわご》さんが煮染《にしめ》に分葱《わけぎ》と烏賊《いか》の饅《ぬた》に千疋《せんびき》飯《めし》。それから、高田《たかだ》さまが葱鮪《ねぎま》に……」

「置きャあがれ！　なんでェ、そのお題目《だいもく》でも唱《とな》えるような言い方は……。おめえがぶっきらぼうなのは今に始まったことじゃねえが、それが客に向かっていう言葉かよ！　愛想《あいそ》も糞《くそ》もありゃしねえ。俺ャ、客だぜ？　俺が訊《き》いてるのは、仙次《せんじ》や岩伍たちが飲んでる汁のことよ。ありゃ、一体《いってえ》、なんでェ……」

「なんでェって、お事汁《ことじる》じゃないか……」

またもや、こうめが木で鼻を括《くく》ったような言い方をする。

「お事汁？」

朋吉はとほんとした顔をした。

すると、仙次がそんなことも知らないのかといった顔をする。

「おめえ、お事汁を知らねえのか？　今日はなんの日だ？」

「なんの日って……。八日だろ？　初午《はつうま》でもねえしよ」

「事始《ことはじめ》だよ！」

「えっ、事始ってェのは、師走《しわす》じゃなかったっけ？」

「だから、おめえは唐変木《とうへんぼく》というのよ！　上方《かみがた》では事始は十二月だけだというが、江戸じゃ、二月と十二月の八日が事始で、どこの家でも戸口に目籠《めかご》を立てて、お事汁を飲むんだよ！」

仙次がそう言うと、向かいに坐った担《にな》い売りの岩伍が割って入る。

「お事汁というのはよ、里芋《さといも》や大根《だいこん》、豆腐《とうふ》、小豆《あずき》などが入った具沢山汁《ぐだくさんじる》でよ。滋養《じよう》があって、美味《うめ》ェぞ！　おめえも莫迦《ばか》の一つ覚えで蜆汁《しじみじる》ばかり飲んでいねえで、たまにゃ、お事汁を飲んでみな？　縁起もんだし、そのうえ、身体《からだ》が温まるからよ」

「てやんでェ！　蜆汁だって身体が温まらァ。第一《でえいち》、里芋や大根、牛蒡《ごぼう》なんてもんは煮染の中にも入《へえ》ってるからよ。おっ、こうめ、やっぱ、俺ャ、いつものをくんな！」

こうめはヘンと肩を竦《すく》めた。

「あいよ。煮染に鯖焼《さばやき》、蜆汁に飯！　おまえの声は板場に筒抜けだから、大方、おばちゃんが今頃鍋《なべ》に火を入れてるだろうさ」

そう言うと、カタカタと下駄《げた》を鳴らして板場に戻る。

その背に向かって、朋吉がべっかんこをしてみせた。

「こうめの奴、所帯を持ったら少しは女らしくなるかと思ったが、ありゃなんでェ！　鉄平《てっぺい》も可哀相《かえいそう》に、あれじゃ、尻に敷《し》かれてるに違《ちげ》ェねえ」

「だから、おまえは穴《けつ》が青いというのよ。夫婦《めおと》なんてもんはよ、亭主が女房の尻に敷かれてるくれェで甘《うま》くいくのよ。亭主関白の男は女房を人とも思っちゃいねえが、嬶《かかあ》天下《でんか》の女《おな》ごは根っこの部分で亭主に済まないと思っているもんでよ。案外、他人《ひと》が見ていないところでは優《やさ》しい言葉のひとつでもかけてるからよ。こうめは鼻っ柱《ぱしら》は強いが、あれで存外に心根《こころね》の優しいところのある女ごだからよ。照れ性なんだよ。だから、想《おも》いとは裏腹に、わざと背《そむ》けて言っちまう」

浪人の高田誠之介《せいのすけ》が仕こなし顔に言い、椀に残ったお事汁をズズッと音を立てて啜《すす》る。

「けどよ、こうめが他人《ひと》の見ていねえところで鉄平に優しくしているといってもよ、だったら、なんだって子が出来ねえ……。確か、二人が祝言《しゅうげん》を挙《あ》げたのは、地震の日だっただろ？　もう七月《ななつき》だぜ！」

朋吉が指折り数え、へっと唇を歪《ゆが》めてみせる。

「それこそ、いらぬおせせせの蒲焼《かばやき》ってもんだ！　こうめにゃ、みずきがいるからよ。それで、慌てるこたァねえと悠長《ゆうちょう》に構えてんのさ」

誠之介の隣に坐った男が槍《やり》を入れてくる。

どうやら、朋吉は形勢不利と見たようで、バツの悪そうな顔をして、話題を変えた。

「そう言ャ、成覚寺《じょうかくじ》前の溜《たまり》に、美味《うめ》ェ煮《に》売《う》り屋が出来たのを知ってるかァ？」

「いや、知らねえ。屋台店か？」

仙次が丼鉢《どんぶりばち》を搔《か》き込みながら言う。

「屋台店ならまだいいが、それこそ地べたに筵《むしろ》を敷いただけで見世《みせ》ともいえねえんだが、その女ごが作った煮染やきんぴら牛蒡といった惣菜《そうざい》が、安くて美味《うめ》ェと評判でよ。裏店《うらだな》のかみさん連中が丼鉢を片手に買いに行くそうだぜ」

「で、おめえは食ったのか？」

「食うもんか！　独《ひと》り者の俺が丼鉢を抱えて惣菜を買って帰《けえ》ってどうするかよ。そんなことをしてみな？　飯の算段からしなくちゃならなくなるだろうが！」

「ほう、では、その女ごはその場で客に食わせるというのではないんだな？」

誠之介も興味津々《きようみしんしん》とばかりに割って入る。

「その場で食わそうったって、食わせられるわけがねえ！　何しろ、筵を敷いただけなんだから……。ところがよ、それでも結構商売《しようべえ》が出来るとみえ、女ごが坐って一刻《いつとき》（二時間）もしねえうちに、持って来た惣菜が皆《みな》になっちまうというんだから、呆《あき》れ返《けえ》る引っ繰り返るだぜ！　俺も一遍だけその女ごを見かけたんだが、これが三十路半《みそじなか》ばのなかなかの品者《しなもん》でよ。玄人《くろうと》って感じじゃなかったんで、恐らく、所帯持ちなんだろうがよ」

「そんな女ごが、何ゆえ、また……」

誠之介が訝《いぶか》しそうな顔をする。

「恐らく、こんなに美味《うめ》ェ惣菜を商《あきな》いにしねえのは勿体《もつてえ》ねえと周囲《まわり》の連中におだてられたか、突然、金の要《い》ることが出来たのか……」

「その女ごが成覚寺の前に坐り始めたのは、いつからだ？」

仙次が訊ねる。

と、そこに、こうめが朋吉の膳《ぜん》を運んで来た。

「四、五日前《めえ》からだというが、おっ、こうめ、おめえは成覚寺の前《めえ》に新しく煮売り屋が見世を出したのを知ってるか？」

　こうめは飯台《はんだい》に鯖焼や蜆汁を置くと、胡散臭《うさんくさ》そうに朋吉を見た。

「知るもんかよ！」

「そうけえ。じゃ、勿体《もってえ》ねえが教えてやらァ！　なんと、美味《うめ》ェ惣菜を作ると評判が立ってるんだとよ。こりゃ、八文屋もうかうかとしていられねえぜ！　おさわの作る煮染は天下一品だが、手強《てごえ》ェ商売敵《しょうべえがたき》が出来たんだからよ」

　こうめは飯椀をドォンと飯台の上に置くと、莫迦《ばか》につける薬はないといった顔をして朋吉を睨《ね》めつけた。

「そう思うのなら、おまえ、明日からその見世で飯を食ったらいいだろ！」

「それが出来ねえから、相も変わらず、ここに来てるんじゃねえか」

「出来ないって、どういうことさ」

　朋吉に代わって、仙次が答える。

「それがさ、朋吉が言うには、その女ご、筵を敷いた上に坐って、煮染やきんぴら牛蒡といった惣菜を売ってるってんだよ。裏店のかみさん連中が鍋や丼鉢を持参で買いに行き、一刻ほどで売り切ってしまうというから、よっぽど美味《うめ》ェのに違《ちげ》ェねえ……。

だって、そうだろう？　常《つね》から、一文二文の銭にも吝《しえ》ェかみさん連中を相手にするんだぜ？　あいつら、せこいうえに口煩《くちうるせ》ェからよ。そんな奴らが競《きそ》うようにして買って行くというんだから、よっぽど安くて美味《うめ》ェんだろうさ。なんせ、一丁の豆腐を四分の一ならまだ許せるとしても、八分の一、いや、十六分の一にしてくれと平気で言うような奴らなんだぜ！」

「確かに、仙次の言うとおり！　いかにその女ごの作る惣菜が美味《うま》くて安かろうと、俺たち独り者は、惣菜だけ買って帰るわけにはいかないからよ。こうして、飯や汁、惣菜、お香々《こうこ》と揃《そろ》ったところで、顔見知りと和気藹々《わきあいあい》と食う場所がないとな……。それに、たまには酒も酌《く》み交わしたいしよ。だから、俺たちには八文屋のような見世がないと困るんだ」

誠之介が言うと、朋吉も気を兼ねたように、ちらとこうめを窺《うかが》う。

「そう、そういうことなんでェ……。俺が言いたかったのも高田さまと同じでよ。いかに美味《うめ》ェ煮売り屋が出来たところで、俺《おり》ャ、八文屋をいっち大切に思ってるからよ！　だからよ、おめえもたまにゃ愛想の善《よ》い顔を見せてくんな」

こうめがはンと鼻先で嗤《わら》う。

が、ふと真面目《まじめ》な顔に戻すと、

「あたし、一遍、客の振りをして、その女《ひと》の煮染を買ってみようかしら……。成覚寺の前と言ったけど、いつ頃行けばその煮売り屋に逢《あ》えるのさ」

と朋吉の顔を覗き込んだ。

ヤベェ……、と朋吉が首を竦める。

「俺が見たのは四ツ（午前十時）頃だけど……。けど、客の振りをしてその女ごの煮染を買うといったって、そんなことをして、おさわが気を悪くしねえか？」

こうめが首を傾《かし》げる。

「やっぱ、おばちゃんに悪いかな？　あたしは八文屋の煮染は天下一品と思ってるよ。それなのに、その女《ひと》の煮染と比べるような真似《まね》をしたんじゃ、おばちゃんが気分を損《そこ》ねるかもしれないね」

「そりゃそうさ！　俺ャ、おさわの煮染が気に入ってるからよ。というか、この味にすっかり馴染《なじ》んじまって、現在《いま》じゃ、俺にとっては、お袋の味……。どうでェ、この蓮根《れんこん》の歯触《はざわ》りといい、ふくよかな味つけといい、絶品《ぜっぴん》でェ！」

朋吉が煮染の蓮根を口に含み、サクサクと音を立てて相好《そうごう》を崩《くず》す。

「そう言ャ、おさわの卵料理は美味かったよな。卵づくしってェのは、もうやらねえのかよ？」

仙次が思い出したように言う。

「やるもんか！　おまえ、卵が一体いくらすると思ってるんだよ。何を食っても一品八文の八文屋が、一個十文もする高直《こうじき》な卵をそうそう使えるかってェのよ。あのときは事情があったから出来たけど、あれで御座切《おざぎり》と思っておくれ！」

こうめが気を苛《いら》ったように言う。

が、何を思ったのか、ふうと太息《ふといき》を吐《つ》く。

十月《とつき》ほど前のことである。

鉄平が卵売りの少女を不憫《ふびん》がり、高直な卵を三十個も買ってしまったことがある。

八文屋では、日頃、ふんだんに卵を使えない。

使ったとしても、雑炊《ぞうすい》とか玉子汁、錦糸《きんし》玉子のように何人分も作るときに使うだけで、一人頭一個といった使い方は出来なかった。

その卵を鉄平が三十個も買ったのだから、こうめが怒り心頭《しんとう》に発したのも無理はない。

「うちみたいな八文屋は、卵を使うとしても、せいぜい、日に一個か二個……。此《こ》の中《じゅう》、少しは安くなったといっても、一個が十文近くもする卵を、おまえ、ここんところ、毎日十個ずつ買い続けてるんだよ。これじゃ、一品八文の八文屋では商いになんてならないじゃないか！」

「（卵を買った）理由《わけ》なんてあるもんか！　あるとすれば、卵を売りに来た娘が、十五、六のぼってり顔をしていたからだよ。大方、その娘に善い顔をしたくって、それで買ってやったに違いないんだ！」

こうめは甲張《かんば》ったように鳴り立てた。

鉄平は返す言葉もなく、ただただ潮垂《しおた》れていたが、その窮地《きゆうち》を救ったのがおさわである。

「八文屋が仕入れとして卵三十個を買うことには、あたしも些《いささ》か賛成しかねます。卵は日保《ひも》ちがするといっても、限度がありますからね。だから、今宵から極力《きよくりよく》卵を使ったお菜《さい》を出すしかありません。けど、そうなると、一品八文では元なんて取れっこありませんからね……。だから、この際きっぱりと、仕入れという観念《かんねん》を捨てて、卵十個分はあたしが払わせていただきますよ。鉄平が十個、あたしが十個、見世が十個……。これなら、皆、平等ってもんだし、実をいえば、あたしもいつかは卵料理というものに挑戦してみたかったんですよ。親分、知っています？　卵百珍《たまごひやくちん》といって、江戸には卵を使った料理が百種類ほどもあるってことを……。いえね、あたしだって、全《すべ》てを知っているわけではないし、第一、八文屋じゃ、一人に一個、卵を使う料理なんで出せっこありませんからね。ですから、卵とじにするとか、三色出汁巻《さんしょくだしまき》、寄せ卵といった、少ない量で何人分も取れる、そんな惣菜を考えますよ」

おさわはそう言い、一人三品、極力足が出ない食材を選び、見た目も味もよく客が食指《しょくし》を動かすような、そんな卵料理を考えろと、鉄平とこうめに命じた。

おさわにしてみれば、自分も卵十個分の金を出したことでもあるし、誰に憚《はばか》ることなく、常から考えていた卵料理に挑戦できるのである。

しかも、やりようによっては、元を取るどころか、利益も多少は期待できるかもしれない。

何より、目先の変わった総菜を出すことで、常連客を悦《よろこ》ばせることが出来るのである。

おさわの目論見《もくろみ》は見事に当たった。

案の定、八文屋に卵料理は珍しかったとみえ、来る客来る客、競ったように卵料理を注文し、正午を待たずして、すべてが売り切れとなってしまったのだった。

そのことが契機《きっかけ》で、こうめと鉄平が献立を巡《めぐ》り腹蔵《ふくぞう》ない話をするようになり、遂《つい》には所帯を持つところまでいったのであるから、何が幸いするか分からない。

が、その後は卵料理が八文屋の献立に加わることもなく、再び、変わり映《ば》えのしない惣菜ばかり……。

仙次に言われるまでもなく、こうめも八文屋の惣菜に何か目新しいものを加えなくてはと思っていたのである。

鉄平が板場からそろりと顔を出し、おい、とこうめを呼ぶ。

「なんだえ！」

こうめが声山《こえやま》を立てて振り返る。

「煮奴《にやつこ》が……」

「煮奴？　一体、誰が注文したのさ……」

「俺だよ、俺！」

誠之介が手を上げる。

「寒いときは、これに限るからよ」

「おっ、美味そうじゃねえか……。俺もくんな！」

「俺もだ！　おっ、こうめ、今度は忘れるんじゃねえぜ。可哀相《かえいそう》に、鉄平がどしめかれて、おたおたしてたじゃねえか。俺と朋吉が煮奴の追加をしたんだからよ。憶《おぼ》えときな！」

仙次がひょっくらかえす。

「てんごうを言うのも大概《たいがい》にしな！　ちょいと考え事をしてただけじゃないか。あいよ、煮奴二丁！　毎度あり！」

こうめがぺろりと舌を出し、板場の中に入って行く。

「ほらな？　やっぱ、鉄平の奴、こうめの尻に敷かれてるじゃねえか！」

朋吉が鬼の首でも取ったかのような言い方をし、見世の中がワッと沸《わ》いた。


昼の書き入れ時が終わり、潮が引くように客がいなくなった八文屋では、これから、こうめたちの中食《ちゅうじき》である。

今日の中食は、おさわ特製の鍋焼き饂飩《うどん》に惣菜の残り物……。

「今日の鍋焼きは牡蠣《かき》入りだよ。美味いかえ？」

「美味《うめ》ェ……。やっぱ、ひと味違《ちげ》ェやすね。けど、俺たちが売りものの牡蠣をこうして食っちまってもいいんでやすかね？」

「たまにはいいさ。もろみ漬《づけ》にしようと余分に仕入れたんだからさ。それに、夜食の牡蠣飯にする分は取ってあるんだし、此の中、酢牡蠣《すがき》を注文する客が少なくてさ」

「おさわさん、もろみ漬って、えっ、牡蠣をもろみ味噌《みそ》に漬けるってことでやすか？」

鉄平が椎茸《しいたけ》の含め煮を口に含み、鳩が豆鉄砲《まめでっぽう》を食ったような顔をする。

「ああ、そうだよ。あたしも作ったのは今日が初めてなんだけど、酒の肴《さかな》になるかと思ってさ。樽ごと涼しいところに置いておけば暫《しばら》く保つし、そろそろ牡蠣も終《しま》いになるだろ？　それで、試《ため》しに作ってみたのさ」

「俺ャ、食ったことがねえが、どんな味がするんだろ……」

おさわはくすりと肩を揺《ゆ》らした。

「実は、あたしもまだ食べたことがないんだよ。けど、鯖や真魚鰹《まながつお》、鰆《さわら》といった魚の味噌漬があるんだもの、きっと牡蠣も美味《おい》しいに違いないと思ってさ。ただ、魚と違って、牡蠣の場合は生《なま》のままを漬け込むのはどうかと思ってね。それで、酒に塩をひとつまみ入れて火にかけ、その中に牡蠣を入れて締《し》め、漬け込む味噌も白味噌ではなくもろみの粒を潰《つぶ》して味醂《みりん》を加えた中に漬け込むことにしたんだよ」

「へえ……。で、一体《いってえ》、どうやってそれを食うんで？」

「一晩漬けたら、食べる寸前に火で焙《あぶ》ってやるのさ。味噌の甘みと芳《こう》ばしさで、きっと美味しいと思うよ。そうだ、今宵、親分の酒の肴にと思っているから、鉄平も味見してみるといいよ」

おさわはそう言うと、つるつると饂飩を啜り、訝しそうにこうめを見た。

常なら、興味津々とばかりに目を輝かせて話に乗ってくるこうめが、どこかしら、上《うわ》の空なのである。

二人の会話が聞こえていないはずはないのに、どう考えても妙である。

「こうめちゃん、どうかしたのかえ？」

おさわが覗き込むと、こうめはハッと饂飩を啜る手を止めた。

「ごめん……。考え事をしていたもんだから、おばちゃんたちの話を聞いていなかった……。えっ、なんの話だったの？」

「なに、大した話じゃないさ。牡蠣のもろみ漬を作ったたって話をしていただけなんだから……。それより、考え事をしてたって、そのほうが気になるじゃないか。何を考えていたのさ」

こうめは改まったように箸《はし》を置き、おさわを瞠《みつ》めた。

「あたしさァ、考えてたんだけど、卵料理を八文屋の献立に加えるのは無理だとしても、献立の中に、何か目新しい料理を加えられないものだろうかと思ってさ……」

こうめは朋吉や仙次から卵料理を出してくれと言われたことや、美味いと評判の煮売り屋が成覚寺の前に坐るようになったことなどを話した。

「あたしは周囲《まわり》にどんなに評判の見世が出来ようと平気だよ。おばちゃんの惣菜に敵《かな》う惣菜はないと自信を持ってるからさ。けど、朋さんや仙さんが、浮気はしねえ、これからも八文屋を贔屓《ひいき》にすると言ってくれても、これでいいと安気《あんき》に構えていてもいいのかと思うと心配になって……。常連客だって、たまには目先の違う惣菜を食べてみたいだろうし、何かうちの売りになる料理は出来ないかしら？」

　おさわも箸を置き、こうめに目を据《す》える。

「それでこそ、こうめちゃんだ！　いえね、あたしも同じことを考えてたんだよ。卵料理を出したときの客の反応が頭にこびりついているからね。けど、こうめちゃんが言うように、そうそう卵料理を客に出すわけにはいかない……。何しろ、八文で売ったんじゃ、絶対に利益が出ないんだからさ」

「それで、おさわさんは何か思いついたんで？」

　鉄平が身を乗り出す。

　おさわは口を窄《つぼ》め、首を振った。

「これはと思うものは、高直なものばかりでね。うちみたいな見世が手を出す料理じゃないんだよ」

「だろう？　あたしもそうなんだ。そりゃさ、お金をかければいくらでも作れるんだろうけど、そういうわけにはいかないじゃないか……」

こうめが顰《しか》め面《つら》をする。

が、突然、鉄平が目から鱗《うろこ》が落ちたといった顔をして、ポンと膝《ひざ》を打った。

「そうだよ、豆腐！　冷奴《ひややっこ》や煮奴、八杯豆腐《はちはいどうふ》なんてものだけじゃなく、もっと気の利《き》いた豆腐料理を作ってみたらどうだろう」

おさわとこうめが顔を見合わせる。

「けど、豆腐だって決して下直《げじき》じゃないからね。何しろ、四分の一丁で十五文だ。冷奴とか煮奴なら、四分の一丁で三人前賄《まかな》えるからいいようなものの、凝《こ》った豆腐料理ではそうはいかないからね」

おさわが眉間《みけん》に皺《しわ》を寄せ、首を振る。

「そうだよ！　これまでも白和《しろあ》えに木綿豆腐《もめんどうふ》を使ってきたけど、それは野菜が加わることで量が増え、何人分ものお菜になるから出来た芸当だけど、鉄平が言うのは、もっと豆腐を前面に出したもののことだろ？」

こうめがうんざりとした顔をする。

おさわやこうめが豆腐料理に二の足を踏むのも無理はなかった。

何しろ、豆腐一丁が六十文もするのである。

といっても、江戸の豆腐一丁は上方の四倍の大きさで、大概の者が四分の一丁を求めるのだが、それでも十五文……。

それで、これまでは四分の一丁で三、四人分は賄えるように、煮奴や八杯豆腐は汁を多めに、冷奴は薬味《やくみ》をたっぷりと添《そ》えることで切り抜けてきたのであるが、鉄平が言うように、豆腐料理と銘打《めいう》つからには豆腐の存在を際立《きわだ》たせなくてはならず、それでは採算が取れない。

油揚《あぶらあげ》一枚が五文、納豆一人前が四文、蒟蒻《こんにゃく》一枚が八文が相場《そうば》のこのご時世、以前に比べると庶民の口に入りやすくなったといっても、豆腐がいかに高直であったか解《わか》るであろう。

「やっぱ、無理か……」

鉄平が悔《くや》しそうに飯台の上に箸を転がせる。

「いや、ちょっと待ってよ！」

おさわが何か思いついたようで、目を輝かせる。

「先《せん》に、幾千代《いくちよ》姐《ねえ》さんから聞いたんだけど、玲瓏《こおり》豆腐ってのがあるんだってさ！」

「こおり豆腐？　高野《こうや》豆腐や凍《こお》り豆腐じゃなくて？」

こうめが怪訝《けげん》そうに訊ねる。

「そう、幾千代姐さんは茶請《ちゃうけ》として食べたそうなんだけど、黒蜜《くろみつ》の代わりに辛子《からし》酢醤油《すじょうゆ》で食べると、お菜として食べられると言ってたからね」

「けど、なんだか作るのが難しそうな料理じゃねえか」

「ところが、作り方はいたって簡単！　絹ごし豆腐を寒天《かんてん》で固め、冷やして黒蜜をかけただけなんだもの……。しかも、一人前は四分の一丁の四分の一。ううん、もっと小さくだって出来るんだ。見た目に涼しげで、寒天の中で豆腐が透《す》けて見えるんだもの、気が利いてるじゃないか！　これまで冷奴一辺倒《いっぺんとう》だった糟喰《かすくらい》（酒飲み）にも、これならきっと受けると思うよ」

鉄平も眉《まゆ》を開く。

「おさわさんの言うとおりだ。今、聞いただけでも思わず涎《よだれ》が出そうになっちまったほどだもの、辛子酢醤油で出せば、高田さまなら飛びつくぜ！」

「うん。あたしもそう思う。けど、それって、冷たいんでしょう？　夏場はいいけど、今の季節には合わないような気がする……。何か、身体が温まるもので、気の利いた豆腐料理はないかしら？」

こうめが言うと、鉄平がまたもや何か思いついたとみえ、ポンと手を打つ。

「ある、ある！　思い出したぜ。俺が歩行新宿《かちしんじゅく》の料亭山吹亭《やまぶきてい》にいた頃、合歓豆腐《ごうかんどうふ》って食い物があると聞いたことがあってよ。俺ャ、その頃、追廻《おいまわし》をしてたんで実際にこの目で作り方を見たわけじゃねえんだが、同僚が合歓豆腐って美味《うめ》ェ食い物があると言うもんだから、どんな食い物なのか訊ねたんだ。そしたら、なんてこたァねえ、四分の一丁の豆腐を更に四分の一ほどの大きさに切り、沸騰《ふっとう》した湯に潜《くぐ》らせて雑煮用《ぞうによう》に湯がいた餅《もち》と合わせ、葛粉《くずこ》でとろみをつけた清《す》まし仕立てのかけ汁をかけて、上に鰹節《かつおぶし》を載《の》せただけだというじゃねえか……。淡泊《たんぱく》な豆腐と餅の相性《あいしょう》が抜群《ばつぐん》で、それで合歓豆腐という名前《なめえ》がついたとも言ってたっけ……。俺、食ったこともねえのに、聞いただけで、思わず生唾《なまつば》を呑《の》んだのを憶えてる……」

鉄平はそのときの情景を思い出したのか、うっとりとしたような顔をした。

「なるほどねえ……。合歓豆腐とは洒落《しゃれ》た名じゃないか。豆腐と餅の取り合わせは意外なようだが、雑煮の中に豆腐を入れる家もあるほどだからいいかもしれない……。かけ汁に葛粉でとろみをつけると味にこくが出るし、鰹節だけでなく、刻《きざ》み葱《ねぎ》や三つ葉、柚子《ゆず》を上に載せてやると香りも立つ……。これなら身体も温まるし、材料費も安く収められる。鉄平、良く思いだしたね。偉いよ！」

おさわに褒《ほ》められ、鉄平は照れたように目を瞬《しばたた》いた。

が、どうしたことか、そろりとこうめを窺うと、実はもう一つ……、と心許《こころもと》ない声を出す。

「えっ、まだ何かあるのかえ？　だったら、勿体をつけないでさっさと言えばいいだろ！」

鉄平は慌てて目を伏せた。

「あられ豆腐ってのがあるんだけど、これは駄目だ……。小口に切った四角い豆腐の角を取るために、笊《ざる》に入れて揺するんだが、そうすると、無駄が出るだろ？　屑《くず》を集めて雪花菜《きらず》（おから）にするったって、あられ状にした豆腐を油で揚《あ》げなきゃなんないし、手間がかかるだけで、四分の一丁の豆腐から何ほども取れねえ……。それで、もう一つ思い出したんだが、みぞれ鍋ってェのはどうだろう」

鉄平がまたもや鼠鳴《ねずみな》きするような声を出し、こうめを窺う。

「みぞれ鍋って、豆腐と関係あるのかえ？」

おさわに言われ、鉄平が慌てて説明する。

「先に、おさわさんが鯖のみぞれ鍋といって、出汁《だし》に大量のおろし大根を入れ、その中にほうれん草と鯖の切身《きりみ》を入れて、二杯酢《にはいず》で食べさせてくれたことがあっただろ？　あの要領で、おろし大根と豆腐だけの鍋を作っちゃどうかと思って……。一滴の水も加えずに、大量のおろし大根だけで豆腐を煮込むんだ。味は、大根から出た自然の甘みだけ……。食べるときに粗塩《あらじお》や酢橘《すだち》、七味唐辛子《しちみとうがらし》といったものを振りかけてもいいし、これだと飲み過ぎた胃袋にも優しく、身体が温まるのじゃねえかと思って……」

「豆腐のみぞれ鍋ねえ……。うん、そりゃいいかもしれない。鍋焼き饂飩の鍋で出せばいいんだもんね。じゃ、取り敢《あ》えず、今宵、暖簾を下ろしてから試作してみようか」

おさわが言うと、こうめも目を輝かせる。

「ああ良かった！　なんだか胸の支《つか》えが下りたような気がするよ。ふふっ、今宵、義《に》兄《い》さんはご満悦《まんえつ》だろうさ！　だって、酒の肴がこんなに沢山出来たんだもの。牡蠣のもろみ漬だろ？　それに、合歓豆腐にみぞれ鍋……。玲瓏豆腐はどうする？　これも試作してみようか」

「試作だもの。客に出すのはまだ先にしても、作ってみようじゃないか」

おさわが満足そうな笑《え》みを浮かべ、こうめと鉄平に、いいね、と目で問いかける。

久々に、八文屋に張り詰めた空気が漂《ただよ》った。

それは懐《なつ》かしくもあり、胸の弾《はず》むような緊張感だった。

その頃、亀蔵《かめぞう》親分は三田《みた》方面の見回りを済ませ、食いそびれた中食を摂《と》ろうと、下っ引きの金太《きんた》を連れて車町《くるまちょう》へと急いでいた。

「親分、俺ャ、腹がひだるくって倒れそうでェ……」

「煩《うるせ》ェ！　黙って喋《しゃべ》れってェのよ！　泣き言を言うだけ、余計に腹が減るだろうが！　おめえが札《ふだ》の辻《つじ》で財布を掏《す》られたなんて大騒ぎをするもんだから、昼餉《ひるげ》を食いそびれちまったんじゃねえか」

亀蔵が後ろを振り返り、糞忌々《くそいまいま》しそうに鳴り立てる。

金太はへっと亀のように首を竦めた。

「へへっ、済みません……。見回りに出る前《めえ》に、利助《りすけ》に財布を預けたのをけろりと忘れちまって……」

「藤四郎《とうしろう》が！　大体《でえてえ》、おめえが他人《ひと》に財布を預けなきゃならねえほどの大金を持ってるわけがねえだろうが！」

「へえ、そりゃそうなんだが、銭はねえが富札《とみふだ》が入《へえ》ってたもんで……」

「なんと、開いた口が塞《ふさ》がらねえとはこのことよ！　利助や大工《でえく》の熊公《くまこう》らと銭を出し合い富札を買っただって？　ふン、当たりもしねえ富籤《とみくじ》に現《うつつ》を抜かすより、金が欲しけりゃ汗水垂《た》らして働くこった！　しかもだ、熊公や裏店の連中はまだ許せるとしても、何が気に食わねえといって、おめえと利助がお上《かみ》から十手《じって》を預かる身だということを忘れてることほど気に食わねえことはねえ！　下っ引きが裏店の連中と連《つる》んで富札を買ったなんてことが岡島《おかじま》さまの耳にでも入《へえ》ってみな？　割を食うのはこの俺だからよ！」

亀蔵は気を苛ったようにどしめきながらも、速度を弛《ゆる》めない。

前をきっと見据《みす》え、刻み足に歩きながら口を動かしているのであるから、傍《はた》から見れば、奇妙な光景に映《うつ》ったであろう。

しかも、小柄で太り肉《じし》の金太が、その後ろをこちょこちょと追いかけているのであるから、なおさら滑稽《こっけい》である。

「いいか、二度と許さねえからよ！　金輪際《こんりんざい》、富札なんて買うんじゃねえぞ」

「へい」

「俺ャ、おめえや利助に富札を買わせるために小遣《こづかい》をやってるわけじゃねえからよ」

「へい、解りやした」

「解りゃいいんだ、解りゃよ。けど、糞ォ！　ひ、ひ、ひだるくって、目が回りそうでェ……。八文屋まで帰《けえ》るのは止《よ》して、ちょいとそこらの蕎麦屋《そばや》にでも入《へえ》るか！」

「蕎麦屋……。親分、それがいい！　成覚寺の手前《てめえ》に戸隠《とがくし》って美味《うめ》ェ蕎麦屋がありやしてね。利助の話だと、彦蕎麦《ひこそば》とおっ、かっ、かっつの味だそうで……」

「彦蕎麦とおっ、かっ、かっつだと？　ふン、彦蕎麦に敵う見世があるわけがねえだろうが！　が、まあ、ものは試しでェ。行ってみるか」

亀蔵はそう言うと、更に速度を上げた。

が、芝田町《しばたまち》八丁目に入ったところで、ふと脚《あし》を止めた。

一人の女ごが道端《みちばた》に蹲《うずくま》り、地べたに飛び散った油揚や人参《にんじん》、牛蒡といった野菜の欠片《かけら》を拾っているのである。

女ごは昆布巻《こぶまき》を拾っては傍《そば》に置いた鍋の中に放り、蓮根を摘《つま》んではひょいと放り……。

肩を顫《ふる》わせているところをみると、どうやら泣いているようである。

亀蔵は女ごの傍に寄ると、声をかけた。

「どうしてェ、煮染を零《こぼ》しちまったのか。それにしても大層な量だが、こりゃ売り物かえ？」

亀蔵が屈《かが》み込み、里芋を摘んで鍋に放る。

女ごは頷《うなず》き、慌てて前垂《まえだ》れで涙を拭った。

「売り物を零しちまったんじゃ、御亭《ごてい》に叱《しか》られるよな？　どこの見世だ？　おう、金太、ぼけっと突っ立ってんじゃねえや！　おめえも拾ってやれ。とはいえ、拾ったところで、こりゃもう売り物にはならねえやな……。まっ、素直に御亭に謝ることだな」

亀蔵の言葉に女ごは首を振り、前垂れで顔を覆《おお》うとウウッと噎《むせ》び泣いた。

「違うんです」

「なに、違うって？　こりゃ、おめえが零したんじゃねえと？」

女ごが頷く。

「どうやら事情がありそうだのっ。何があったのか話してみな」

女ごは顔から前垂れを外すと、亀蔵を瞠めた。

年の頃は三十路半ばであろうか、目鼻立ちの整った、楚々《そそ》とした面差《おもざ》しである。

女ごは亀蔵の風体《ふうてい》に気づくと、一瞬、怯《ひる》んだような表情を見せた。

「こりゃ取り調べでもなきゃ、咎《とが》めているわけでもねえんだ……。ただよ、こんなに大量の惣菜を理由《わけ》もなく地べたに放り出すとは尋常《じんじょう》じゃねえからよ。たまたま通りすがったのも何かの縁……。何があったのか話してくれねえか？」

女ごは素直に、はい、と頷いた。

金太が飛び散った惣菜を片づけ、戻って来る。

「どうでェ、俺たちゃ、そこの蕎麦屋に入《へえ》ろうとしてたんだが、おめえも一緒にどうだ？　その様子じゃ、昼餉もまだ食っちゃねえんだろ？」

女ごが気後《きおく》れして後退《あとじさ》る。

「ねえさん、遠慮するんじゃねえや。親分もああ言ってくれてるんだし、馳走《ごち》にならなきゃ損だぜ！　それに話をするにしても、道端じゃ……。それでなくても、道行く人が何事かって顔をしておめえを見てるんだ。さっ、入《へえ》った、入った！」

金太が大鍋や重箱を抱え、先に立つ。

女ごも観念したのか、怖《お》ず怖ずと後に続いた。

女ごの名は、榛名《はるな》といった。

「あたし、知らなかったんです。成覚寺の前に屋台店が並んでいるもんだから、空《あ》いた場所なら、誰に断りを入れるまでもなく見世が開けると思って……」

榛名は運ばれて来たせいろ蕎麦に手をつけようともせず、竜田組《たつたぐみ》の下っ端《ぱ》から制裁《せいさい》を受けたのだと話した。

竜田組とは、屋台店や大道芸を取り纏《まと》める香具師《やし》の長《おさ》である。

つまり、俠客《きょうかく》といってもよく、小揚人足《こあげにんそく》や宿場の人馬《じんば》も仕切っていて、竜田組の許しがないと街道筋に屋台店は出せないことになっていた。

　亀蔵は榛名の話を聞き、懐手《ふところで》に唸《うな》った。

「要するに、おめえは屋台店ではなく、筵を敷いただけの見世で商いをするのだから、誰に断りを入れるまでもねえと思ったんだな？　竜田組のほうでも、最初《はじめ》は女ごが一人で筵のうえで商いをするくれェなら大《てえ》したことはねえと思い、高を括ってた……。ところが、おめえの作る惣菜がえれェこと評判になり、一刻もしねえうちに売り切れとなったもんだから、こりゃ放っちゃおけねえと、急遽《きゆうきよ》、場所代を払えと迫《せま》ったというわけだ」

「はい。場所代を取られたのでは、元々安く値をつけていますので翌日の仕入れに障《さわ》りが出ますし、わずかでも利益を得ませんと、夫の薬料《やくりよう》が払えません。それで、払えないと言いましたら、それなら、二度と商売が出来なくしてやるまでだと地面に惣菜を放り出し、天秤棒《てんびんぼう》を海に投げ込んでしまいましたの。わずかばかり持っていた金も盗《と》られましたし、明日からどうしたものかと……」

　榛名は顔を伏せ、また肩を顫わせた。

「酷《ひで》ェことをしやがる……。だが、大道で商いをするということは、そういうことでよ。場所代を納めるのは理に適《かな》わねえと思うだろうが、その代わり、的屋《てきや》（香具師）

同士で諍《いさか》いが起きたときには間に入《へえ》って渡《わたり》をつけてくれる……。つまり、障りなく円満に商いをしていくためには必要不可欠といってもよく、お上から十手を預かる俺たちも、奴らのやることには口を挟《はさ》まねえことにしているのよ。だが、おめえの言い分もよく解る。誰にも迷惑をかけず、ひっそりと筵を敷いて商いをし、しかも、出来るだけ売り切りてェと相場より安くしているのに、そんなんじゃ、場所代など納められねえよな？ が、竜田組に目をつけられたからにゃ、もうあそこじゃ商いは出来ねえ……。そうだ、いっそのこと、居酒屋か小料理屋、いや、煮売り屋でもいいが、勤《つと》めに出ちゃどうだえ？ 裏店のかみさん連中が競って買いに来るほどの腕がおめえにあるんなら、どこの見世だって雇《やと》ってくれるぜ。当てがねえようなら、俺が紹介してやってもいいからよ」

亀蔵が言うと、金太までが尻馬《しりうま》に乗ってくる。

「そうでェ、そうしなよ！ おめえみてェに見目《みめ》好《よ》い女ごなら、どこだって雇ってくれるさ。早《はえ》ェ話、この親分の家も八文屋だからよ。一品八文と安い見世だが、結構、流行《はや》ってってよ。けど、おめえはそれでよくても、八文屋のほうではおめえを雇う余裕《ゆとり》がねえかもしれねえな……。なっ、親分、そうだよな？」

亀蔵がきっと金太を睨《にら》みつける。

「このひょうたくれが！　ひと言多いのよ。が、まっ、金太の言うとおりでよ。うちなんぞ、なんとか商いをやっているというだけの話でよ。けど、品川宿は広《ひれ》ェ……。おめえに見合った見世はいくらでもあるからよ」

　榛名は寂《さみ》しそうに首を振った。

「それが出来ないから、恥を忍《しの》んで地べたに筵を敷いて売っていたのです。実は、夫が胸を患《わずら》っていまして、それも日々に悪くなる一方で……。日に一刻ほどなら家を空けられますが、外に働きに出るとなれば、そうもいきません。見世に遅れて出たり早引けしたり、はたまた夫の容態《ようだい》の悪いときには休むことになるかもしれません。とても、そんな我儘《わがまま》を聞いて下さる見世はないかと……」

「そうけえ……。こりゃ差出《さしで》と解って訊くんだが、現在《いま》、どこの医者にかかってる」

「三田一丁目の福島桃水《ふくしまとうすい》さまですが……」

「福島桃水？　はて、聞かねえ名だな……。おめえ、一度、南本宿《みなみほんじゅく》の内藤素庵《ないとうそあん》さまに亭主を診《み》せてみな？　素庵さまのほうには俺から知らせておくからよ。素庵さまは腕がいいうえに良心的だ。決して、法外《ほうがい》な薬料を取らねえし、支払いについちゃ、何かと便宜《べんぎ》を図《はか》ってくれるからよ」

　榛名が縋《すが》るような目で亀蔵を見る。

「そうしていただけると助かります」

「それと勤めのことだがよ。日に一刻ほどなら家を空けられるんだろ？　だったら、それでもいいという見世を探すまでだ。家は三田八幡《みたはちまん》の南にある、伊右衛門店《いえもんだな》だといったな？　よし解った。後から連絡するんで、おめえは帰《けえ》って待ってな。あっ、それと、少ねえが、これを……。何かの足《た》しにしてくんな」

亀蔵が早道《はやみち》（小銭入れ）から小白《こじろ》（一朱銀）を摘み出す。

「いえ、そんなことをしてもらっては……」

「何言ってやがる！　ないよりはましだろ？　おめえの今日の稼《かせ》ぎだと思えばいいんだよ。明日になりゃ、また風は吹く！　まっ、あんましくよくよしねえこった」

亀蔵は小鼻をぷくりと膨《ふく》らませると、立ち上がった。

「金太、ぐずぐずするんじゃねえ。帰《けえ》るぞ！」

「へい！」

金太も立ち上がると、取ってつけたように、愛想笑いをしてみせた。

「ねっ、どうだえ？　美味いかえ？」

こうめが亀蔵の反応を確かめようと覗き込む。

亀蔵は勿体をつけたように合歓豆腐を喉《のど》に流し込むと、うーんと首を傾げた。

「えっ……」

こうめとおさわが息を呑む。

が、亀蔵は一瞬間を置いて、美味《うめ》ェ！　と片目を瞑《つぶ》ってみせた。

「もう、義兄《にい》さんたら！」

「そうだよ。突然、黙っちまうもんだから、不味《まず》いのかと思って、はらはらしたよ」

「こういうところが、義兄さんのいけずなところなんだ！　ホント、素直じゃないんだから！」

こうめが忌々しそうに唇を嚙《か》む。

「いいじゃねえか。親分が美味《うめ》ェと言ってくれたんだもの。それでどうでした？　豆腐と餅の相性は……」

鉄平が訊ねる。

亀蔵は小鼻をぷくりと膨らませ、頷いた。

「相性がいいなんてもんじゃねえ！　口の中で餅と豆腐が合体し、互《てげ》ェの良さを引き立ててるみてェだぜ。しかも、とろみをつけた出汁がまったりと絡《から》み合っていてよ、こりゃ絶品だぜ。それによ、三つ葉と柚子の香りが堪《たま》んねえや。鰹節も脇役の役目を存分に果たしているしよ！」

「だろう? 実は、義兄さんが帰る前にあたしたちも試食してみたんだけど、美味しいのなんのって……。それで、みぞれ鍋のほうはどうだった?」

「みぞれ鍋ねえ……。いまいち、こいつはどうかな? 品のよい味には違《ちげ》ェねえんだが、俺ャ、醤油《しょうゆ》の味がしねえと、ぴんとこなくてよ。おめえらは大根の持つ甘みを期待したんだろうが、なんというか、味に締まりがねえ……。それで思ったんだがよ。先に、おさわが鯖とほうれん草でみぞれ鍋を作ったことがあっただろ? あのときは確か二杯酢に潜《くぐ》らせて食ったと思うが、違ったかな?」

おさわが頷く。

「だろう? だったら、これも二杯酢に浸《つ》けて食ったらどうだろう……。俺ャ、正《まさ》な話、このみぞれ鍋を口にしながら、よっぽど、醤油をくれと言いそうになったぜ」

「そうかもしれないね。酒飲みには、もっと減《め》り張りの効《き》いた味のほうがよいのかもしれないね。じゃ、二杯酢を用意するから、もう一度、みぞれ鍋を食べておくれ」

おさわがそう言い、二杯酢を用意する。

亀蔵は再びみぞれ鍋を口にした。

途端《とたん》に、相好を崩す。

「これこれ！　この味よ。おう、これなら上等でェ。けど、なんといっても、今宵の絶品は、牡蠣のもろみ漬よ！　美味《うめ》ェなんてもんじゃねえぜ。ただの焼き牡蠣とも違って、味噌の甘みと芳ばしさが堪んねえや。おっ、鉄平も食ってみな！」

こうめがまっと河豚《ふぐ》のように頰《ほお》を膨らませる。

「なんだってェのよ！　現在《いま》は、豆腐の試食会なんだよ。それなのに、今宵の絶品は牡蠣だなんて！」

「何をむくれてやがる。豆腐のまろやかな味があってこそ、牡蠣のもろみ漬が引き立つってもんでよ。豆腐と餅の相性がいいように、豆腐料理と牡蠣のもろみ漬も相性がいいってことなんだよ！」

牡蠣のもろみ漬を頰張《ほおば》った鉄平も、あまりの美味しさに目をまじくじさせる。

「本当だ！　まさか、もろみ漬がこんなにも美味いとは……。こうめちゃんも食ってみな」

こうめが不貞腐《ふてくさ》れたような顔をして、牡蠣のもろみ漬を口に入れる。

そして、暫く間を置いて、へえェ……、と声を上げた。

「どうでェ、美味《うめ》ェだろうが！」

こうめが亀蔵に向かって、うんうんと頷く。

「皆に気に入ってもらえて良かったよ。では、暫くは合歓豆腐とみぞれ鍋を献立に加えるということにしようか。それで、話は変わるんだけど、さっき親分が帰ってきてすぐに話したことだけどさ……。その榛名って女《ひと》のことをもう少し詳《くわ》しく話してくれないかえ？」

おさわが亀蔵に酌《しゃく》をしながら訊ねる。

「そのことなんだがよ。榛名という女ごと別れてから、金太や利助に少し調べさせたのよ。すると、榛名は神田同朋町《かんだどうぼうちょう》の提灯屋《ちょうちんや》の娘だというじゃねえか……。ところがよ、十五年ほど前《めえ》に、手代の航造《こうぞう》という男と駆け落ちをしたそうでよ。亭主の航造は歌舞《か》伎役者《ぶきやくしゃ》並みの雛男《ひなおとこ》だというが、色男、金と力はなかりけりの言葉通り、提灯屋の末娘と手に手を取り合って駆け落ちをしてみたものの、たちまち仕事にあぶれてよ。航造にしてみれば、いずれ提灯屋の主人《あるじ》が折れ、娘のために見世の一軒でも持たせてくれると思ってたんだろうが、そうは虎《とら》の皮……。榛名の父親《てておや》というのが一徹者《いってつもの》でよ。ろくでもねえ男に唆《そその》かされて家を捨てるような女ごは、娘でも人でもねえと怒りまくったそうでよ。航造の目論見は見事に外れた……。その後、航造は手慰《てなぐさ》みに嵌《はま》るようになってよ。可哀相《かえいそう》に、榛名は居酒屋の下働きに出て生活《たつき》を支える羽目《はめ》となった……。大店《おおだな》の娘だった女ごがよ、昼間は針仕事、夜は居酒屋の下働きと夜《よ》の目も寝ずに働いたそうな……」

亀蔵は居たたまれなくなったのか、太息を吐くと、煙草盆《たばこぼん》を引き寄せた。

おさわも辛《つら》そうに眉根《まゆね》を寄せる。

「女ごの幸せは連れ添う男の甲斐性《かいしょう》次第……。榛名さんも可哀相に、いい加減に見切りをつけて提灯屋に戻ればよかったのに……」

「ところがよ、榛名にも意地があったんだろうて……。というより、航造にとことん惚《ほ》れ抜いてたんだな。そのうち航造も目を醒《さ》ましてくれるだろうと思い我慢《がまん》してきたが、八年ほど前《めえ》、実家《さと》の提灯屋が身代限《しんだいかぎ》りとなっちまってよ。身代限りとなった理由までは判《わか》らねえが、神田同朋町の見世は人手に渡り、一家離散……。榛名には帰《けえ》ろうにも、帰る家がなくなったというわけよ。しかも、悪《わり》ィことは続くもんでよ。その頃から航造が病の床《とこ》に就《つ》くようになり、以来、榛名は病の亭主を抱え、身を粉《こ》にして働いてきた……。亭主の薬料を稼ごうと銭になる料亭や居酒屋を転々とし、下働きだけでなく、板場衆《いたばし》の仕事も覚えたそうでよ。榛名の料理の腕が上がったのは、そのお陰でよ。そう思うと、人間、何が幸いするか分からないものよのっ。現在《いま》じゃ、榛名の作った惣菜が飛ぶように売れるというんだからよ……」

亀蔵が煙管《きせる》の雁首《がんくび》を灰吹《はいふ》きに叩《たた》きつける。

「けど、そんなに腕の立つ榛名さんが、なんで筵に坐って惣菜を売らなきゃなんないのさ！」

どうやら、こうめの敵対心は未《いま》だ消え失《う》せていないとみえ、憎体《にくてい》に言う。

「それがよ、どこの見世でも榛名の亭主が労咳《ろうがい》と知った途端に暇を出すそうでよ。榛名は病の亭主を連れて、浅草《あさくさ》、上野《うえの》、柳橋《やなぎばし》と転々とし、三田八幡の南にある伊右衛門店に移って来たのが半年前《めえ》……。航造の病は日増しに悪くなる一方で、榛名は亭主を残して居酒屋勤めもままならなくなった。が、幸い、伊右衛門店の大家や店子《たなこ》が情け深《ぶけ》ェ連中でよ。勤めには出られねえとしても、それだけの腕があるのなら、惣菜を作って売っちゃどうかえと勧《すす》めてくれてよ。それで、物は試しと裏店の連中が悦びそうな惣菜を作ってみたところ、かみさん連中の口伝えで評判が広まり飛ぶように売れてよ……。ところが、やれ、この分なら勤めに出なくても亭主の薬料や店賃《たなちん》が払えるのではなかろうかと安堵《あんど》したのも束《つか》の間、竜田組に目をつけられたってわけでよ……」

亀蔵は蕗味噌《ふきみそ》を嘗《な》めたような顔をした。

おさわも深々と溜息《ためいき》を吐く。

「そういうことだったんですね。実は、うちでも榛名さんのことが話題になったばかりだったんですよ。美味い惣菜を作ると評判だと……」

「えっ、おばちゃん、聞いてたのかえ？」

こうめが素《す》っ頓狂《とんきょう》な声を上げる。

「だって、朋さんの声が板場に筒抜けなんだもの……。聞くまいと思ったところで耳に入っちまう」

こうめはへへっと首を竦めた。

「けど、心配しなくていいよ。朋吉はおばちゃんの煮染がいっち好きだと言ってたからさ！」

「莫迦だね。心配なんかしていないよ。それで、親分、榛名さんのことをどうするつもりなんですか？　日に一刻ほどじゃ、どこの見世でも善い顔はしないでしょうからね」

おさわが心配そうに亀蔵を見る。

「それよ……。俺も委《まか》せとけと安請《やすう》け合いをしちまったが、正な話、困《こう》じ果てちまってよ。おりきさんに頼むより手はねえかと思うんだが、おりきさんが承諾してくれたとしても、榛名の脚じゃ、三田八幡と門前町を往復するだけでも、半刻《はんとき》（一時間）はゆうにかかるからよ。行きのすぐに帰《けえ》るようでは、仕事にゃならねえ……。参ったぜ」

「かといって、うちじゃ榛名さんを雇う余裕なんてありませんからね」

「取り敢えず、亭主の病が心配《しんぺえ》でよ。明日にでも、素庵さまに相談してみようと思ってよ」

「それはよい考えですね。素庵さまなら、法外な薬料を請求なさらないだろうからね」

「どうした、こうめ。その膨れっ面はなんでェ！」

亀蔵が訝しそうにこうめを見る。

「義兄さんもおばちゃんも、人の善いのもほどほどにしなよ！　困ったときには相身《あいみ》互いというけどさ、うちとその女ごはなんの関係もないんだよ。竜田組に閉め出されたからいいようなものの、あのまま煮売り屋をやられていたら、うちの商売敵となったかもしれないんだからね！」

「こうめちゃん！」

おさわが甲張ったようにこうめを制し、亀蔵も呆れ返ったように目をしばしばとさせた。

「申し訳ありやせん！　こうめは本心で言ったんじゃないんですよ。心の中では榛名さんのことを気にかけてるくせに、素直に言えねえんだ……。許してやって下せえ。さっ、こうめ、おめえも謝るんだ！」

鉄平が慌てて取り繕《つくろ》い、こうめに謝れと促《うなが》す。

亀蔵もおさわも、当の本人こうめまでが、唖然《あぜん》としていた。

それもそのはず、鉄平は今初めて、こうめのことをちゃん付けではなく、こうめ、と呼んだのである。


「まあ、そんなことがあったのですか……」

おりきが猫板《ねこいた》の上に亀蔵の湯呑《ゆのみ》を置き、菓子鉢の蓋《ふた》を開けて翁煎餅《おきなせんべい》を勧める。

「おっ、美味そうじゃねえか」

亀蔵は翁煎餅を口に運び、パリッと音を立てた。

「それで、素庵さまはなんと？」

亀蔵は苦《にが》り切った様子で煎餅を戻すと、首を振った。

「春まで保たねえそうだ……」

「まあ……」

おりきが眉根を寄せる。

「それでよ、素庵さまが言われるにゃ、航造を診療所で預かり、昼夜を徹《とお》して治療に当たったほうがいいと……。勿論《もちろん》、そうなりゃ、榛名も一緒ってことだがよ。ほれ、先に、飯盛女《めしもりおんな》の菊哉《きくや》や壬生《みぶ》姉弟《きようだい》の弟平四郎《へいしろう》の病室として使った離れよ……。幸い、現在《いま》は誰も入《へえ》ってねえそうなんで、あそこなら榛名も亭主に付き添えるってわけだ。ところがよ……」

亀蔵は湯呑を手にすると、何やら複雑な表情をした。

「……」

おりきが亀蔵を窺う。

亀蔵はへっと肩で息を吐くと、続けた。

「榛名の奴が亭主共々厄介《やっかい》になったんじゃ、申し訳ねえ、掛かり費用や薬料を稼ぐためにも自分は働かなきゃならないと言い張ってよ……。素庵さまが薬料のことは心配《しんぺえ》しなくてもよい、払えるようになったら少しずつ払えばよいのだからと説得したんだがよ。榛名の奴、だったら診療所の賄いか奥向きの掃除、洗濯と家事一切《いっさい》を自分にやらせてくれないかと頼み込んでよ。ところが、診療所も奥向きも現在《いま》は人手が足りている……。ことに賄いが厄介でよ。あそこにゃ、古株のトクヨ婆《ばあ》さんがいるだろ？あの婆さんがお端女《はした》や下男を仕切っているもんだから、新参者が入る余地がねえ……。素庵さまはトクヨ婆さんの性格を知っていなさるもんだから、あまり善い顔をされなくてよ……。それで、俺も頭を悩ませてるってわけさ」

なるほど……、とおりきも納得した。

トクヨ婆さんには何度か逢ったことがあるが、若い頃に旗本《はたもと》の賄方《まかないがた》にいたというだけあって、六十路《むそじ》近くになっても矍鑠《かくしゃく》としていて、未だに自《みずか》らの陣頭指揮《じんとうしき》の下《もと》、お端女や下男を動かしていた。

とにかく、トクヨ婆さんは一刻者《いっこくもの》で、一旦言い出したら五分《ごぶ》でも退《ひ》かず、主人《あるじ》の内藤素庵でさえ頭が上がらないのである。

ところが、トクヨ婆さんは医療や診療所のことには口を挟まなかった。

それで、奥向きのことはトクヨ婆さんに委《す》せ、これまでなんとか波風を立てずにやってきたのだが、榛名が賄方を助けるとなったらトクヨ婆さんが黙っているわけがなく、ことは重大である。

「解りましたわ。では、こうしたらどうでしょう。榛名さんにあすなろ園を手伝ってもらいましょう。ここなら、診療所から通って来てもさほど遠くありません。ご主人のことは素庵さまや代脈《だいみゃく》（助手）の方々がついていて下さるので安心ですし、何かあればすぐさま駆けつけることも出来ます。それに、夜分はずっと榛名さんが看病して差し上げられますしね。榛名さんが手伝って下されば、貞乃《さだの》さまもさぞやお悦びになるでしょう」

「てこたァ、あすなろ園が榛名を雇うってことかえ？　おいおい、大丈夫《でえじょうぶ》かえ？　あすなろ園にゃ、榛名に手間賃を払う余裕などねえんじゃ……。あっ、そういうことか……。つまり、おりきさんが榛名に手間賃を……」

おりきがふわりとした笑みを返す。

「手間賃などと大それたことではないのですよ。榛名さんが薬料や掛かり費用のことを気にしておられるのであれば、わたくしが立て替えましょうということなのです。そうすれば、榛名さんは素庵さまの厚意《こうい》にただ甘えていることにはならないのですもの……。本当は、榛名さんには茶屋か旅籠《はたご》を手伝っていただくほうがよいのかもしれませんが、ご主人の容態が悪くなれば、いつ診療所に戻らなければならなくなるかもしれません。そのことは店衆《たなし》も理解してくれるでしょうが、それでもそんなことが度《たび》重《かさ》なると、いつ不平が出るやもしれません。その点、貞乃さまなら、ご自分も看護の経験がおありのことですし、解って下さると思いますのよ」

「まったく、おめえには頭が下がるぜ！　そこまで考えていたとはよ……。じゃ、さっそく、榛名に知らせてやろう。おっ、後で榛名をここに寄越《よこ》すからよ。おめえの口から詳細《しょうさい》を説明してやってくれ」

亀蔵はそう言うと、そそくさと立ち上がった。

すると、そのときである。

水口の戸が音を立てて開き、ドタドタと廊下を蹴《け》り上げる音がした。

「生まれやした、生まれやしたぜ！　女将《おかみ》さん、男ん子が！」

下足番《げそくばん》の吾平《ごへい》である。

帳場を出ようとしていた亀蔵が慌てて戻って来ると、板場の障子《しょうじ》を勢いよく開く。

「なに、男の子か！　それで、母子共に元気なんだな？」

吾平は四つん這《ば》いになった恰好《かっこう》で、ゼイゼイと肩息《かたいき》を吐いた。

よほど慌てて駆けて来たらしい。

「それで、弥次郎《やじろう》は？　弥次郎には知らせたのでしょうね？」

おりきも吾平の傍に寄って行く。

「へい。ところが、板頭《いたがしら》が言うには、これから昼餉客で見世が混み合うっていうのに、手が離せるかって……。顔色ひとつ変えやしねえ。一刻も早く知らせてやろうと猟師《りょうし》町《まち》から駆けて来たってェのに、拍子抜《ひょうしぬ》けしちまったぜ！」

吾平が悔しそうに歯嚙《はが》みする。

「ご苦労でしたね。恐らく、弥次郎は照れてるのでしょうよ。それで、とめさんは？少しは役に立ったかしら？」

吾平がへっと鼻で嗤う。

「役に立つも何も……。あの婆さん、自分じゃなんにもしようとしねえくせして、産《さん》婆《ば》や裏店のかみさん連中を大声で鳴り立て、顎《あご》で使うもんだから、皆、ちりちりしてやしたぜ。ヘン、いい気なもんだぜ！　昔取った杵柄《きねづか》かなんか知らねえが、完全に遣《やり》手婆《てばばあ》に戻ってやがった……」

「ほう、とめ婆さんもやるもんじゃねえか！　まるで目に見えるようだぜ。こりゃあれだな、あの婆さんのことだから、母子共に息災《そくさい》なのは自分の手柄《てがら》かなんかのように吹聴《ふいちょう》して廻《まわ》るに違《ちげ》ェねえ……。どれ、俺も診療所に行く前に、ちょっくら赤児《やや》の顔でも拝むことにしようか！　おりきさん、おめえ《めえ》はどうする？」

「ええ。お供いたします」

おりきはそう言うと、おうめを呼んだ。

「何か……」

「キヲさんに男の子が生まれましたのよ。これから猟師町までお祝いに行ってきますので、後を頼みましたよ。さして手間は取らないと思いますが、もしかすると、診療所に廻るかもしれません。どちらにしても、夕餉膳《ゆうげぜん》の打ち合わせまでには戻ると、そう巳之吉《みのきち》に伝えて下さい」

「素庵さまのところに……。女将さん、どこかお悪いので？」

おうめが心配そうな顔をする。

「わたくしが悪いわけではありませんのよ。ちょいと見舞いにね……」

おりきはそう言いながら、祝儀袋《しゅうぎぶくろ》と見舞いの熨斗袋《のしぶくろ》の二つを用意する。

旅籠を出て街道を歩きながら、亀蔵がぼそりと呟《つぶや》く。

「おめえは偉《えれ》ェよ。そうやって見ず知らずの者にまで、祝いだの見舞いだのとしてやるんだもんな……」

「あら、見ず知らずではありませんよ。キヲさんは弥次郎の嫁ですし、榛名さんにはこれからあすなろ園で働いてもらうのですもの……。もう家族になったのも同然ではないですか」

「そうやって、おめえはいつも物事をいい方へいい方へと解釈する……。世の中にゃ、性根《しょうね》の曲《ま》がった者もいれば、後足《あとあし》で砂をかけるような者がいるということを知らねえんだからよ」

「おや、とても親分の言葉とは思えませんね。親分だって、いつもおっしゃっているではないですか。人間、生まれつきの悪《わる》はいない、生まれたときには皆心さら、その心が捩《よじ》れたり汚《けが》れたりするのは、環境のなせる業《わざ》と……。わたくしもそう思います。ですから、どんな人であれ真摯《しんし》に向き合い、情を持って接してやれば、忘れかけていた心さらが取り戻せるのではないかと思いましてね。人を思うは身を思う……。わたくしはそう信じていますの」

「おめえにそう言われちゃ、俺にゃもう何も言えねえんだがよ……。が、榛名のことでは助かったぜ。榛名が竜田組に嫌がらせを受けた直後に、たまたま俺が通りすがったのも何かの縁……。話を聞いたからには、俺も放っては置けなくてよ。本当は、八文屋で雇ってやればいいんだろうが、おめえんとこと違って、うちは一文、二文の商いだからよ、そういうわけにもいかねえ……」

「解っていますよ。親分だって、榛名さんのことでは大層な尽力《じんりょく》をなさったではないですか……。素庵さまに診ていただけたのは、親分のお陰ですもの」

「だが、ときすでに遅し……。航造の生命《いのち》がもう永《なが》くねえんだもんな。消えかけた生命もあれば、こうして新たに芽吹く生命もある……。それが自然の摂理《せつり》と解っちゃいるんだけどよ」

亀蔵はふうと太息を吐いた。

キヲが産んだ子は、まるまると太った男児であった。

「目許《めもと》なんて、弥次《やじ》さんにそっくりじゃないか。きっと、この子もよい板前になるだろうさ！」

キヲの身の回りの世話をしていた隣室のおふさという女が、赤児を覗き込み、頬をちょいとつついてみせる。

おりきはあっとキヲに目をやった。

キヲは横になったまま、困じ果てたようにおりきを見た。

おりきが何も言うなとキヲに目まじする。

すると、隣に坐った亀蔵が、おりきの耳に口を近づけ小声で囁いた。

「間抜けたことを！　弥次郎に似ているわけがねえのによ」

おりきは挙措《きよそ》を失い、慌てておふさに愛想笑いを返した。

「本当に……。この子が板前になってくれると、立場《たてば》茶屋《ちやや》おりきも心強いことこのうえありませんわ。皆さまには感謝していますのよ。本来ならば、わたくしどものほうから人を出さなければならなかったのですが、客商売をしていますと思うようになりません。キヲさんも皆さまに助けてもらえてどんなにか心強かったことでしょう……。改めて、礼を申します。有難《ありがと》うございました」

おりきは深々と頭を下げた。

「なァんの……。あたしら裏店の住人は、祝い事であれ忌《い》み事であれ、なんだってこうして皆で力を合わせてやるからさ。礼には及ばないよ。次は、あたしんちが世話になるかもしれないんだからさ！」

おふさはそう言い、傍にいた四十絡《がら》みの女に、ねえ、そうだよね？　と同意を求める。

「そう言っていただけると助かります。もう暫くしますと、弥次郎が赤児《やや》の顔を見に戻って来ますが、赤飯《せきはん》を持参するように申しつけておきましたので、どうぞ皆さままで召し上がって下さいませ」

「そんな……。気を遣《つか》わなくてもよかったのにさァ」

「祝儀だ、祝儀！　やるっていうんだから、有難く貰っときゃいいのよ」

亀蔵がどしめくと、女たちは畏縮《いしゅく》したように首を竦め、それじゃ、皆さんがいらっしゃる間に、ちょっくら家のほうを見てきますんで……、と部屋を出て行った。

その背を見送り、亀蔵が呟く。

「なんと、あいつら、赤児《やや》を弥次郎の子だと思ってやがる……。けど、瓢箪《ひょうたん》に駒《こま》たァ、このことよ！　おっ、キヲ、このまま弥次郎の子で徹《とお》せ。なっ、女将、そうだよな？」

おりきは慌てた。

敢えて嘘《うそ》を吐いたわけでもなく、しかも、疑われてもいないのに、わざわざ真実を公表する必要があるだろうか……。

が、悪事千里《あくじせんり》を走るという言葉があるように、一旦、他人《ひと》の口端《くちは》に上《のぼ》ったが最後、次から次へと歪曲《わいきょく》され、取り返しのつかないことになりかねない。

しかも、店衆の中には、キヲの産んだ子が弥次郎の子ではないことに気づいている者もいるのである。

ならば、彼らの口から、裏店の連中に知れ渡るのも時間の問題……。

「裏店の皆さまはどうやらご存知ないようですが、嘘を吐けばいずれ齟齬《そご》を来《きた》すでしょうし、真実のことまで根から葉から疑われるようになるかもしれません。やはり、裏店の皆さまには、弥次郎の口から本当のことを話したほうがよいと思います。真実を知れば、何故《なぜ》、弥次郎がキヲさんのお腹の子を我が子として育てようとしたのか解って下さるでしょうし、協力して下さるかもしれません。先ほど、おふささんが言ってたではありませんか。裏店の住人は、祝い事であれ忌み事であれ、なんでも皆で力を合わせてやるのだと……。こうして皆で支え合い、赤児《やや》を取り上げたのですもの、この子はキヲさんの子であり、弥次郎の子、そして、裏店の皆さまの子なのですよ」

おりきはそう言うと、キヲを瞠めた。

「キヲさんは案じることはないのですよ。弥次郎は祝言を挙げることもぎりぎりまで迷っていたようですが、腹を括ったが最後、わたくしたちの前で、きっぱりとキヲさんを嫁にしたいと言ったではありませんか……。ですから、赤児《やや》の顔を見れば父親《てておや》としての自覚がわき起こり、きっと、裏店の皆さまに本当のことを話すと思いますよ」

「はい」

キヲの頰を涙が伝った。

「名前を考えなくてはなりませんね。もう決めてあるのですか?」

おりきがキヲの涙を拭《ぬぐ》ってやる。

「あの男《ひと》、女将さんにつけてもらうと言っていました」

「あら、大変だ！　それはなんでも良い名前を考えなくてはなりませんね」

「おう、キヲ、この女《ひと》に委せておけば、品川一の名前《なめえ》をつけてくれるからよ！」

亀蔵が豪快に笑う。

どうやら、また、みずきのことを思い出したようである。

それから暫くして、おりきたちは裏店を辞した。

「それでどうする？　やっぱ、素庵さまのところに寄ってくかえ？」

行合橋《ゆきあいばし》の袂《たもと》まで来ると、亀蔵が改まったように問いかけた。

「ええ、勿論ですわ。そのつもりで参りましたもの……。素庵さまに薬料や掛かり費用はわたくしが支払うと言わなくてはなりませんし、榛名さんにもあすなろ園で働く気があるかどうか確かめなくてはなりません。病のご亭主を前にして、そんな話をしてよいものかと迷いましたが、寧《むし》ろ、ご亭主も榛名さんが何をするのか知っていたほうが安心なさるのではないかと思い直しましてね」

「うん、まあ、そりゃそうかもしれねえな。じゃ、行くか？」

そうして、二人は南本宿の内藤素庵の診療所を訪ねたのだった。

榛名は野の花を想わせる楚々とした女性で、化粧気のない顔やあかぎれた手に生活苦がありありと見て取れたが、さすがは大店の娘だけあって、所作《しょさ》の一つ一つにどこかしら品の良さを感じさせた。

素庵は榛名にあすなろ園を手伝ってもらうつもりだと告げると、すぐさま、おりきの真意が解ったようで快《こころよ》く賛成してくれた。

「それはよい考えだ！　あすなろ園には貞乃がいるが、あいつも人手を欲しがっていたからよ。それに、ここから通うにしても、立場茶屋おりきなら目と鼻の先だ。亭主に逢いたければ、いつでも帰って来られるのだからよ……。それに、航造も女房があすなろ園で子供の世話をしていると思うと安心であろう。あすなろ園というのは立場茶屋おりきの女将が創《つく》った養護施設でね。現在《いま》、そこの世話をしているのがわたしの姪《めい》の貞乃でよ。一時期、貞乃もここから門前町に通っていた……。そう思うと、これも何かの縁かもしれぬのっ」

素庵はそう言い、おりきの提案に諸手《もろて》を挙げて賛成してくれたのである。

「けれども、それで本当によいのでしょうか？　いえ、あたしはあすなろ園で働かせていただければ、これほど有難いことはありません。子供は好きですし、そこの世話をしておられるのが素庵さまの姪ごというのですから、なおさらです。でも、あたしがそこで働いても、到底《とうてい》、主人の薬料は払えないのではないかと思って……」

榛名が気を兼ねたように、素庵とおりきを見比べる。

素庵は肩を揺すって笑った。

「何を言い出すのかと思えば、金のことを心配していたのか。案ずるでない。わたしは薬料が安いので有名な医者でな。金のない者から高直な薬料を取るつもりはさらさらない。それによ、おまえさんには立場茶屋おりきの女将がついているではないか！　おまえさんから取れない薬料はこの女将から貰うので、おまえさんはその分働いて返すことだ……。なっ、それで解ったであろう？　金のことはこの女将とわたしに委せ、おまえさんは亭主の看病と子供の世話に我勢《がせい》することだ。昼間はわたしや代脈が病人の治療、介護に努《つと》めるが、夜分はおまえさん一人が亭主の世話をすることになる。心してかかるように！」

「おう、榛名、良かったじゃねえか！　となると、伊右衛門店の大家におめえが裏店を出ることを断っておかなきゃならねえな。当分帰《けえ》れそうにねえんで、部屋を明け渡すと……」

亀蔵が細い目を糸のようにして言うと、てっきり眠っているとばかりに思った航造が目を開け、怯えたように亀蔵を見た。

榛名も驚いたように亀蔵に目をやる。

「それは、もうあの裏店に帰れないということなのでしょうか」

「違う、違う！　そういう意味じゃねえんだ……。借りたままだと、留守中も店賃を払わなきゃなんねえだろ？　勿体《もってえ》ねえ話だと思ってよ。だから、一旦明け渡し、回復してここを出るってことになったら、また新たに借りればいいんだよ。なに、そんときが来りゃ、俺が請人《うけにん》となってやるから安心しな！　俺が口利《くちき》きをすりゃ、どこの裏店だって二つ返事で承諾するさ」

亀蔵がしどろもどろに言い繕う。

おりきは航造の目に、きらと涙が光ったのを見逃さなかった。

航造にも、もう生きて帰れないと解っているのであろう。

そう思うと、おりきの胸がカッと熱くなった。

せめて、一日でも二日でも永く……。

おりきは榛名があすなろ園に通うようになっても、極力、航造との時間を作ってやらなければと思った。

それから一廻《ひとまわ》り（一週間）後、いよいよ今日から八文屋の献立に合歓豆腐とみぞれ鍋が登場することになり、鉄平は思いきって三丁の豆腐を仕入れた。

「おまえ、血迷っちまったのかえ？　まだ売れると決まったわけじゃないんだよ。それなのに、こんなに大量の豆腐を仕入れて、一体どうするつもりなのさ！」

こうめが金切《かなき》り声を上げて、早く担い売りに返してこいと鳴り立てるが、後の祭り……。

豆腐屋は三丁も売れたのに気をよくしてか、すでに路次口《ろじぐち》から姿を消していた。

「卵のときでいい加減懲《こ》りたと思っていたのに、またぞろ、同じ轍《てつ》を踏んじまって！売れ残ったらどうすんのさ」

こうめが恨《うら》めしそうに鉄平を睨《にら》みつける。

鉄平は返す言葉もなく潮垂《しおた》れていたが、こうめの気持も解らなくもなかった。

何しろ、豆腐一丁が六十文と高直で、いくら一人前は四分の一丁の四分の一、つまり一丁の豆腐で十六人分が賄えるといっても、三丁では四十八人分となる。

すべて売り切ってしまえば問題はないが、その保証はどこにもないのである。

「やっぱ、おまえは抜作《ぬけさく》だよ！　最初《はじめ》っからこんなに仕入れるなんてどうかしてるよ。最初は一丁から始め、客の反応を見て量を増やすっていうのが筋じゃないか！　献立に加えたのはいいが、誰も注文しなかったらどうすんのさ。まったく、どうかしてるよ！　豆腐に百八十文も使うなんてさ」

　こうめの小言は留《とど》まるところを知らない。

　堪《たま》りかねたのか、朝餉《あさげ》を終えた亀蔵が食間から胴間声《どうまごえ》を上げる。

「こうめ、いい加減にしな！　朝っぱらからガミガミ、ガミガミ……。鉄平はもう仕入れちまったんだ。せっせと豆腐料理を売るよりしょうがあるめえ！」

「そりゃ売るさ。来る客来る客に豆腐はどうかと勧めるよ。けど、売れなかったらどうすんのさ！」

「そんときゃ、俺が湯豆腐《ゆどうふ》にして食ってやらァ！　おっ、みずき、おめえも湯豆腐を食いてェよな？」

「うん、食いてェ！」

　朝餉を終え、あすなろ園に出掛ける仕度をしていたみずきが、燥《はしや》ぎ声を上げる。

「みずき、なんだえ、その言葉遣いは！　食いてェじゃないの、食べたいだろ？」

　こうめに叱られ、みずきがぺろっと舌を出す。

「さあさ、今日も元気で行っといで！　みずきちゃん、あすなろ園に今度新しくおばちゃんが入っただろ？　どうだえ、優しくしてくれるかえ？」

おさわがみずきに下駄を履《は》かせながら訊ねる。

「うん、優しいよ。おばちゃんにもみずきくらいの娘がいたんだって！　けど、死んじまったんだって……。だから、みずきのことを娘みたいに思うって言ってたよ」

「へえ、そうなのかえ……。榛名さんに娘がねえ。親分、知ってました？」

おさわが亀蔵を窺う。

いやっと亀蔵は首を振った。

榛名に娘がいて、しかも、その娘が亡くなったとは初耳である。

が、榛名と航造の来《こ》し方《かた》を思うと、そんなことがあったとしても不思議はない。

「榛名さんもずいぶんと苦労なさったようですね。しかも、此度《こたび》、あすなろ園で働けるようになったといっても、榛名さんにはまだまだ険《けわ》しい先行きが待っている……。旦那の容態も芳《かんば》しくないそうだし、それを思うと、あたしら、豆腐三丁の仕入れが多いの少ないのと言っていられないよ」

「そういうこった。どれ、みずき、出掛けるとするか！　さっ、おっかさんに挨拶《あいさつ》してきな」

「はい」

みずきがカタカタと下駄を鳴らし、板場の中に入って行く。

亀蔵とおさわが、そんなみずきを愛《いと》しくて堪らないといった目で瞠める。

それから四半刻《しはんとき》（三十分）後のことである。

水口《みずぐち》から、富山《とやま》の薬売りが声をかけてきた。

「毎度！　そろそろ置き薬の補充をしておこうかと思いやしてね」

煮染の味つけをしていたおさわが手を止め、後を頼むよ、と鉄平に目まじして食間に入って行く。

そして、柱にぶら下げた薬袋の中を確かめると、再び、水口へと戻って行った。

「万能灸代《まんのうきゆうだい》がもう残り少ないようだね。それと、熊の胆《い》ってとこかね」

「へえェ、一年振りだというのに、それっきり……。まっ、それだけここんちは皆さん息災ってことで、結構毛だらけ猫灰だらけ！　こちらさまは皆さん丈夫で、なによりでござんすね。それに引き替え、小石川《こいしかわ》のお屋敷じゃ……」

そこまで言うと、薬売りは余計なことでも喋ったと思ったのか、あっと息を呑んだ。

おさわの胸が激しく音を立て、腓返《こむら》った。

「小石川の屋敷って……。まさか、黒田《くろだ》のことじゃないだろうね！」

「やっぱ、ご存知なかったんですね……。いや、あっしがこんなことを言っていいのか……。黒田の婢《はしため》から口止めされてたのをけろりと失念しちまって……」

「口止めされたといっても、おまえ、もう口を滑《すべ》らしちまったんだよ。言い差したまま後を続けないなんて、狡《ずる》いじゃないか！」

おさわが薬売りを睨めつける。

この男は小石川の黒田邸に出入りしていた薬売りで、一時期、おさわが息子の陸郎《りくろう》の世話になっていた頃、顔を合わせたことがある。

陸郎は海とんぼ（漁師）の息子にしては学問に秀《ひい》でていて、通新町《とおりしんまち》の雀村塾《じやくそんじゆく》から昌《しよう》平坂学問所《へいざかがくもんじよ》へと進み、小石川片町《こいしかわかたまち》の油問屋川口屋《かわぐちや》の主人《あるじ》に見込まれ娘婿《むすめむこ》にと請《こ》われたばかりか、御家人株《ごけにんかぶ》まで買い与えられ、現在《いま》では、黒田姓を名乗り御小普請世話役《おこぶしんせわやく》に就いている。

おさわは世間体《せけんてい》を気にする陸郎の妻三千世《みちよ》の頼みで、気が進まないまま小石川の屋敷に身を寄せることになったが、武家の生活にはどうしても馴染《なじ》むことが出来なかった。

それで、今後何があろうとも、黒田家には一切関わりなしという一札《いつさつ》に署名《しよめい》、押捺《おうなつ》をして品川宿に帰って来たのだが、まさか、新しく高輪近辺《たかなわきんぺん》を担当することになったと廻ってきたのが、この男だったとは……。

男はおさわの顔を見て、驚いたといった顔をした。

「おんやまっ、瓜割四郎《うりわりしろう》たァ、まさにこのことでェ！　ひと月ほど前《めえ》、小石川のお屋敷で、おめえにそっくりの女ごを見たが……。いいんや、姿形《すがたかたち》ばかりじゃねえ。声まで が瓜二つじゃねえか！」

おさわは噴《ふ》き出しそうになるのを懸命《けんめい》に堪《こら》えた。

「莫迦だね！　そっくりなのは当たり前じゃないか。小石川の屋敷にいたのはあたしなんだもの」

「えっ、やっぱ、そうかえ！　でも、なんで、おめえさんが……。そうか、黒田の婢をしていたのか。で、現在《いま》は、宿下《やどさ》がりってことなんだな？」

おさわはクックと含み笑いをし、そうだよ！　と答えた。

今後一切黒田家には関わりなしと一札を入れたからには、口が裂《さ》けても、自分が陸郎の母であると言えないではないか……。

男も納得したらしくそれ以上追及しようとしなかったが、翌年廻って来たときにもおさわがいたので、どうやら、それで何か事情があると察したようである。

が、そこは商人《あきんど》のこと、決して当たり障りのあることは言わず、それから後は、それとなく世間話でもするようにして、小石川の情報を流してくれるようになったのだった。

そんな男だから、いつものようにさり気なく黒田の近況を伝えるつもりだったのだろうが、言い差して、婢から口止めされていたことを思い出し、慌てて口を閉じてしまったのであろう。

「だから、黒田の家がどうしたってのさ！」

「婢から聞いたんだがよ、黒田の旦那さまが重い病に罹《かか》っていなさるとか……。小石川養生所ばかりか、それこそ江戸で指折《くっし》の医者に片っ端から診せたそうだが、どの医者も匙《さじ》を投げたって話でよ……。黒田じゃ嫡男《ちゃくなん》が六歳になったばかりで、元服するまでの繋《つな》ぎとして、川口屋の遠縁から養子を取る話も出てるとか……。いけねえや！　べらべら、こんなことまで喋っちまったぜ……。俺が話したことが暴露《ばれ》でもしたら、出入り禁止となっちまう！」

男はくわばらくわばらと呪文《じゅもん》を唱えた。

おさわは頭の中が真っ白になった。

こんなことがあってもよいものだろうか……。

そんな莫迦な！

あの陸郎が死病《しびょう》に冒《おか》されているなんて……。

「おっ、どうしてェ！　顔が真っ青だぜ。まっ、あんまし気にしねえことだな。医者が何人もついてるというからよ。じゃ、あっしはこれで……。えっ、小白かよ？　はて、釣《つ》りがあったかな？」

おさわは男に小白を握らせると、ふらふらと板場の中に入って行った。

「おい、釣りだ！　要らねえのかよ」

男が大声を上げる。

が、おさわはがくりと土間に膝をつくと、幼児のように耳を塞ぎ、嫌《いや》だ、嫌だ、と首を振り続けた。

見かねた鉄平が表に飛び出し、釣り銭を手に戻って来ると、心配そうにおさわを覗き込む。

「大丈夫《でえじょうぶ》か？　一体《いってえ》、何があった。具合でも悪いのかえ？」

気配を察し、見世にいたこうめまでが駆け寄ってくる。

「おばちゃん、しっかりしてよ！　一体、どうしちまったんだえ……」

こうめと鉄平が、途方《とほう》に暮れたように顔を見合わせる。

「陸郎が……、あたしの陸郎が……。そんな莫迦なことってあるかえ？　親のあたしより先に死ぬなんて……」

おさわが髪を振り乱し、首を振り続ける。

「陸郎が死ぬって……。えっ、おばちゃんの息子が死んだの？」

「まだ死んじゃいないけど、死にそうなんだよ！　嫌だ、嫌だ……。陸郎のことは一日たりとて忘れちゃいなかった。お武家となり、黒田の当主となってからは、口では縁が切れた、二度と逢わないと言ってみたが、腹ん中ではいつもあの子のことばかり……。出世しなくてもいい、息災で三千世さんや軌一郎《きいちろう》と円満に暮らしてくれればそれでいいって、毎朝、北に向かって手を合わせていたんだよ……。あたしはさァ、あの子を産んだことが誇りだったんだ……。鳶《とんび》が鷹《たか》を生んだようなもんだからさ。同じ鷹なら、極上の鷹になってくれ、そのためには鳶の血肉《ちにく》を分けたっていいと思ってたんだよ。あの子のためなら生命《いのち》を投げ出したって構わない！　そう思い、今日まで陰から陸郎の幸せを祈ってきたのに……。ああ、あたしゃ、この身が恨めしい！　何故、死病に冒されるのがあたしじゃなくて、あの子なのさ……。神さま、仏さま、どうか陸郎の生命を救ってやって下さい。どうしても生命を召したいとお思いならば、あたしの生命を奪って下さいまし。あァん、あァん……、あたしの陸郎……。おまえが病の床にいるというのに、おっかさん、おまえに何もしてやれない……。ごめんよォ、許しておくれよォ……」

おさわは土間に突っ伏し、泣き叫んだ。

「おばちゃん……」

「……」

こうめも鉄平も、おさわになんと声をかけてやればよいのか解らなかった。

四ツ（午後十時）の鐘の音《ね》を聞き、こうめと鉄平は顔を見合わせた。

二人とも、何も話す気になれない。

口を開くと、次から次へと不吉な言葉が飛び出して来そうで、不安をぐっと胸の奥底へと仕舞《しま》い込んでいたのである。

が、やたら喉が渇《かわ》く。

「茶でも淹《い》れようか……」

こうめが上擦《うわず》った声で呟く。

と、そのとき、水口の戸がぎしぎしと音を立てて開いた。

亀蔵が疲弊《ひへい》しきった顔を出し、おい、と背後を振り返る。

おさわが肩を丸めて立っていた。

「おばちゃん！」

こうめが甲張った声を上げて駆け寄ると、おさわを抱え込むようにして中に入れる。

「陽が翳《かげ》ってから一気に冷え込んじまって、こんなのを花冷《はなび》えっていうのかね……。あらあら、こんなに身体が冷たくなっちまってるじゃないか！　一体どこに行ってたのさ。心配させるんじゃないよ」

「無事で良かった……。さあ、上がって身体を温めてくんな。おばちゃんがいつ帰って来てもいいように、炬燵《こたつ》や手焙《てあぶ》りに火を入れて待ってたんだぜ！」

鉄平も寄って来る。

おさわは辛そうに顔を歪め、頭を下げた。

「心配をかけて済まなかったね……」

「いいってことよ。今、雑炊を温めてやっからよ！」

「雑炊もいいけど、そうだ！　皆で湯豆腐を食べないかえ？　だって、豆腐が二丁も余っちまったんだもの。明日も使えるにしても、一丁くらい食べたってどうってことないさ」

こうめが亀蔵に片目を瞑ってみせる。

「おう、湯豆腐が。そいつァいいや！　夕方、小石川の安藤坂《あんどうざか》で蕎麦をかっ食らっただけで、すっかりひだるくなっちまったぜ。おさわ、おめえは朝餉を食ったきりで、あれからなんにも食っちゃいねえんだろ？」

おさわが項垂《うなだ》れたまま、こくりと頷く。

「それで、おばちゃんはどこにいたのさ」

こうめが鉄瓶《てつびん》の湯を急須《きゅうす》に注《つ》ぎながら、上目遣《うわめづか》いに亀蔵を見る。

「それがよ、おめえからおさわが何も言わずに姿を消したと聞いたもんだから、恐らく小石川の黒田に行ったのに違《ちげ》ェねえと踏んで、黒田の屋敷を訪ねたのよ。そしたらまあ、女中頭というのが出て来て、確かにおさわさんは八つ（午後二時）過ぎに訪ねて来たが、黒田とはもう関係がない女《ひと》なので、お引き取り願ったというじゃねえか！俺ャ、何が関係ねえだよ、陸郎のお袋じゃねえか、とどしめいてやったぜ。ところが、ああいうのを鉄面皮《てつめんぴ》とでもいうんだろうて……。顔色ひとつ変えずに、今後何があろうとも、黒田家とは一切関わりがないと一札入れたのはおさわさんではないですか、それがある限り、いかに親分が十手を振り翳そうと、わたくしどもにはなんら効き目がありません、解ったら、お引き取り願いましょうか、と木で鼻を括ったような言い方をしてよ……」

亀蔵は苦々《にがにが》しそうに唇をへの字に曲げた。

「俺もよ、お武家が相手じゃそれ以上文句のつけようがねえや！　が、まあ、おさわが黒田を訪ね、追い返されたことだけは判《わか》った……。それで、考えたのよ。恐らく、おさわのことだから、陸郎に逢わせてもらえなくても、少しでも近くにいてェと思うんじゃなかろうかと……。とすれば、神仏に陸郎の生命《いのち》を助けてくれと縋るに違《ちげ》ェねえ。そう思い、伝通院《でんずういん》を皮切《かわき》りに、辺りの神社仏閣を捜《さが》したのよ。ところが、伝通院、慈《じ》照院《しょういん》、光円寺《こうえんじ》、善仁寺《ぜんにんじ》と捜してみたが、どこにもおさわの姿はねえ……。日は暮れてくるし、腹は減るわで、俺も諦《あきら》めかけてよ。それで鷹匠町《たかじょうまち》から新坂《しんざか》を下って神田川《かんだがわ》に出ようとしたのよ。が、小日向《こびなた》まで下りたとき、右手に寺が並んでいることに気づいてよ。いっその腐《くさ》れだ、乗りかかった船とばかりに手前《てめえ》の称名寺《しょうみょうじ》を覗いてみたのよ。そしたら、なんと、すっかり暗くなった境内《けいだい》で、人の動く気配《けはい》を捉《とら》えたじゃねえか。慌てて茶店で提灯を求めて近づいてみると、案の定、おさわだったというわけでよ……。この寒空の下《もと》、おさわがお百度《ひゃくど》を踏んでてよ……」

亀蔵はふうと太息を吐くと、こうめが淹れた茶を飲み干した。

「あたしにしてやれることは、そのくらいしかないんでね……」

おさわが辛そうに声を顫わせる。

鉄平が湯豆腐の入った鉄鍋を運んで来て長火鉢《ながひばち》にかけると、おさわが薬味を取りに行こうと立ち上がりかける。

「おばちゃんはいいの。あたしと鉄平に委せて坐ってればいいんだからさ。おまえさん、雑炊も出来たんだろうね？」

こうめがいそいそと板場に入って行く。

亀蔵はおさわに向かって肩を竦めてみせた。

鉄平がこうめのことをちゃん付けで呼ばなくなったと思ったら、今度は、こうめが鉄平のことを、おまえさん……。

が、亀蔵は咳《しわぶき》を打つと、おさわに目を据えた。

「おさわよ、おめえの気持はよく解る。けどよ、おめえは陸郎のためにお百度詣《めえ》りをしたんじゃねえか。おめえの気持は、きっと神仏にも陸郎にも通じてる……。そう思い、後は陸郎の生命力に賭《か》けるまでだ。結果はどうであれ、それが陸郎の宿命《さだめ》なのだからよ。おっ、美味そうじゃねえか！　こんなときには、めそめそしていても始まらねえ……。湯豆腐を食って、身体の芯《しん》から温まってみな？　気ぶっせいなんて、吹っ飛んじまうからよ！」

こうめと鉄平が盆《ぼん》に小鉢《こばち》や薬味を載せて戻って来る。

「何？　何が吹っ飛ぶって？」

「いや、鉄平が豆腐を三丁も仕入れてくれたお陰で、俺たちが美味《うめ》ェ湯豆腐が食えると言ったのよ。やっぱ、豆腐は湯豆腐に限るからよ！」

亀蔵がへへっと笑う。

「まあ、義兄さんたら！　お陰で、今日は足が出たんだからね！」

こうめが、いィだ、とべっかんこをしてみせる。

おさわの顔も心なしか綻《ほころ》びた。

「美味《うめ》ェ……」

亀蔵が豆腐を掬《すく》い口に入れると、ぽつりと呟く。

その目が涙に潤《うる》んでいる。

花冷えの夜半《よわ》、おさわの胸もさぞや凍《い》てついているに違いない。

そう思った刹那《せつな》、つっと亀蔵の胸を熱いものが衝《つ》いてきたのだった。

だが、おさわよ、諦めるんじゃねえぞ……。

春告鳥《はるつげどり》

「貞乃《さだの》さま、それでは男雛《おびな》と女雛《めびな》の位置が逆なのでは……」

雛壇《ひなだん》の向かって左手に男雛を置こうとした高城《たかぎ》貞乃に、榛名《はるな》が声をかける。

えっと、貞乃は手を止め振り返った。

「そうでしたの？　わたくしの育った瀬戸内では、確かこうだったかと……。では、勘違《かんちが》いなのかもしれませんわね。何しろ、わたくしは下級武士の家に生まれ、しかも、父が亡くなってからは浪々の身となってしまいましたので、雛飾《ひなかざ》りの経験がありませんの」

貞乃が寂《さみ》しそうに片頬《かたほお》を歪《ゆが》める。

「なに、どっちが正しいということもないのですよ。男雛と女雛の位置は、必ずしも一定していませんからね。江戸でも、家によっては男雛を右に置いたり左に置いたり……。が、うちでは、やはり、榛名さんが言うように、男雛を右手に置いたような気がしますがね……」

近江屋忠助《おうみやただすけ》が貞乃を庇《かば》うように言う。

が、どうやら、それは藪蛇《やぶへび》だったとみえ、貞乃の頬につっと翳《かげ》りが過《よ》ぎった。

おりきが貞乃の表情に気づき、さらりと助け船を出す。

「まあ、貞乃さまもそうですの？　実は、わたくしも本格的に雛を飾ったことがありませんのよ。わたくしの場合は、早くに母を失い、柔術指南《じゆうじゆつしなん》の家に育ったためか、父には女《おな》ごを寿《ことほ》ぐ観念が欠如していましたので、上巳《じようし》の節句（雛祭）どころか、七五三の宮詣《まい》りもしてくれませんでした。ですから、わたくし、父に隠れてこっそりと紙の立雛《たちびな》を自分の部屋に飾ったことがありますのよ。けれども、それも一度だけ……。というのも、どこかしら隠し事をしているような想《おも》いに苛《さいな》まれて、心穏《こころおだ》やかではなかったのです。ふふっ、こう見えて、わたくしは存外に小心者《しようしんもの》なのでしょうね」

おりきが冗談めいた口調で言うと、貞乃はようやく安堵《あんど》の色を浮かべた。

榛名が気を兼ねたように貞乃を窺《うかが》う。

「申し訳ありません、貞乃さま。あたし、そんな意味で言ったんじゃないんですよ」

「あら、気にしていませんことよ。では、わたくしが箱から雛を取り出しますので、飾るのは、榛名さんにお委《まか》せしようかしら？」

忠助は庇ったつもりが藪蛇となり困《こう》じ果てていたとみえ、ポンと膝《ひざ》を打った。

「おう、それがよい！」

「では、あたしが……」

そうして、榛名が先頭に立ち、雛壇の上段に男雛と女雛、その下の段に三人官女《かんじょ》、更にその下に五人囃子《ばやし》と飾っていく。

さすがは大店《おおだな》の娘に生まれただけあって、榛名は手慣《てな》れたものである。

五段からなる雛飾りは、近江屋忠助があすなろ園の子供たちにと運んで来てくれたものである。

矢大臣《やだいじん》もいれば、調度品の揃《そろ》った豪華《ごうか》な古今雛《こきんびな》で、女ごの子ばかりか、勇次《ゆうじ》や卓也《たくや》までが目を輝かせ、息を詰めて瞠《みつ》めていた。

おりきは子供たちの満ち足りた表情に目を細め、恐縮《きょうしゅく》したように、隣に坐《すわ》った忠助に声をかけた。

「本当に、こんなに立派な雛を頂《いただ》いても宜《よろ》しいのでしょうか？　いえ、感謝していますのよ。わたくしどもでは、子供たちにここまでのことをしてやれませんもの……」

「なに、娘のお古だ、気にすることはない。永《なが》いこと使わずに蔵の中に仕舞《しま》っていたので、虫干《むしぼ》しの意味でも、こうして飾ってやったほうがいいんだよ」

「けれども、深川には、お孫さんの昌枝《まさえ》さんがいらっしゃいます。登世《とせ》さんが娘の頃に飾っておられた雛だというのですもの、差し上げると、お悦《よろこ》びになるのではありませんか？」

「いや、藍一《あいいち》には、姑《しゅうとめ》の和枝《かずえ》さんが贈《おく》った立派な雛があってよ。それに、うちの跡《あと》取《と》り娘の登紀《とき》には、もう女ごの子が望めないのでね……」

　えっと、おりきは忠助に目を据《す》えた。

「それは……」

「おや、言ってなかったっけ？　あの娘《こ》は長男を産んだ翌年に、二人目の子を流産しましてね。産婆《さんば》の話では、もう子供は望めないだろうと……。が、跡取りには、長男の忠一郎《ただいちろう》がいる。今後は、忠一郎が無事に育ってくれることを望むだけで、欲をいえばきりがありませんからね」

「まあ、そうでしたの。ちっとも知りませんでしたわ」

「そういうわけだから、あすなろ園の子供たちが悦んでくれれば、あたしは満足なんですよ」

「解《わか》りました。では、有難《ありがた》く頂戴《ちょうだい》いたします。下々《しもじも》の者にはとても手が届かない、豪華な雛を飾ることが出来たのです。きっと、子供たちの思い出に残るでしょうし、この子たちだけでなく、これから先、ここで預かることになる子供たちにも、よい贈り物となりました。近江屋さん、改めて、礼を申します。有難うございます」

おりきは深々と頭を下げた。

「おい、止《よ》しとくれよ。あたしは使わなくなった雛を持って来ただけのことで、そこまで感謝されると、かえって恐縮しちまうからよ！」

忠助が慌てて片手を振る。

「では、ここは榛名さんたちに委せて、帳場に戻りましょうか？　到来物《とうらいもの》の甘露梅《かんろばい》がありますのよ。お薄《うす》を一服《いっぷく》いかがでしょう」

「おっ、そいつはいい！　おりきさんが点《た》てた茶を飲むのは、久し振りだからよ」

「では、後を頼みましたよ」

おりきは貞乃に声をかけ、忠助と連れ立ち旅籠《はたご》に戻った。

帳場に入ると、亀蔵《かめぞう》親分が長火鉢《ながひばち》の前で胡座《あぐら》をかいていた。

「おっ、待たせてもらったぜ。おうめが女将《おかみ》は近江屋と一緒にあすなろ園に行ったが、すぐに帰《けえ》って来るというもんだからよ」

亀蔵が蕗味噌《ふきみそ》を嘗《な》めたような顔をする。

「あら、親分もあすなろ園に顔を出して下されば宜しかったのに……。近江屋さんが子供たちにと、それは見事な雛飾りを下さったのですよ」

おりきがお薄の仕度《したく》をしながら言うと、亀蔵はへっと肩を竦《すく》めた。

「そのこともおうめから聞いたがよ、とてもそんな気分じゃなくてよ」

「そういえば浮かない顔だが、何かありましたかな？」

忠助が心配そうに亀蔵を窺う。

「何かあったかって？　何かあってくれたほうが、まだましでよ……」

亀蔵が眉根《まゆね》を寄せ、煙草盆《たばこぼん》を引き寄せる。

「………」

おりきは茶筅《ちゃせん》をかく手を止め、訝《いぶか》しそうに亀蔵に目をやった。

亀蔵は継煙管《つぎきせる》に甲州《こうしゅう》（煙草）を詰めると、ふうと肩息《かたいき》を吐《つ》いた。

「陸郎《りくろう》が病《やまい》と知ってからというもの、おさわの奴、魂《たましい》が抜け落ちたかのように腑抜《ふぬ》け状態になっちまってよ……。お菜《さい》を作っていても心ここにあらずで、鍋《なべ》はしょっちゅう焦《こ》がすし、注文は取り違えるし……。そうかと思えば、この寒空の下《もと》、突如、憑《つ》かれたように水垢離《みずごり》をする始末でよ。こうめが慌てて止めに入《へえ》るからいいようなものの、あれじゃ、陸郎がくたばる前《めえ》に、おさわがくたばっちまう……」

「その後、陸郎さんの容態《ようだい》はどうなのでしょう」

おりきはそう言うと、忠助に甘露梅を摘《つま》むようにと目で促《うなが》す。

亀蔵は煙管に火を点《つ》け、首を振った。

「小石川《こいしかわ》とはあれきりでよ。陸郎の容態がどうかなんて皆目判《かいもくわか》らねえ……。それで思うんだが、この様子じゃ、陸郎が死んだとしても、黒田《くろだ》からは知らせてこねえだろうなと……。おさわの身にもなってみな？　これじゃ、生殺《なまごろ》しにあってるのも同然だぜ。傍《はた》で見ている俺たちも辛《つら》くってよ……」

亀蔵が再び深々と息を吐く。

おりきが抹茶茶碗《まっちゃぢゃわん》を忠助の前に置く。

「おさわさんが陸郎さんに逢《あ》わせてもらえなかったと聞き、わたくしも胸を痛めていましたのよ。けれども、たった今、決心しました！　わたくし、川口屋《かわぐちや》さんに文を書いてみます。いかに、おさわさんが今後一切《いっさい》黒田家とは関《かか》わりなしと一札《いっさつ》入れたにしても、陸郎さんはおさわさんが腹を痛めた子ではありませんか！　母親が生死の境を彷徨《さまよ》う我が子にひと目逢いたいと思って、それのどこが悪いのでしょう……。陸郎さんの生命《いのち》がもう永くないのであれば尚《なお》のこと、せめて、最期《さいご》の別れをさせてあげるのが筋ではなかろうかと、そう訴《うった》えてみます。三千世《みちよ》さんには通じないことでも、きっと、川口屋さんなら解って下さると思いますので……」

おりきがそう言うと、忠助も眉《まゆ》を開く。

「おう、それがよい！　おりきさんは川口屋の主人《あるじ》とは昵懇《じっこん》だからよ。分からず屋の娘を相手にしていても始まらない！　しかもよ、おさわは陸郎が死病《しびょう》に冒《おか》されているのと聞いただけで、なんの病なのか、容態がどうなのかも聞かされていないのだからよ」

「ねっ、親分、どうでしょう？　差出《さしで》のようですが、わたくしにそうさせていただけないでしょうか」

亀蔵が呆然《ぼうぜん》としたように、おりきを見る。

「そうしてもらってもいいのかよ……。俺《おり》ャ、女将まで巻き込んじまったら、立場《たてば》茶屋《ちゃや》おりきが得意先を失っちまうんじゃねえかと、遠慮してたんだがよ」

「川口屋さんはそこまで度量の小さい方ではありませんよ。恐らく、おさわさんと黒田家がそんなことになっていることも、ご存知ないのではないでしょうか」

「そりゃそうさ。知るわけがねえ！　何もかも、三千世という陸郎の嫁がしたことなんだからよ。ふン、お武家になったからって、偉そうな顔をしやがって！　てめえだって商人《あきんど》の娘だろうが！　現在《いま》の陸郎があるのは、海とんぼ（漁師）の女房だったおさわが女手《おんなで》一つで、なんとか陸郎に学問の道を歩かせようと、夜《よ》の目も寝ずに我勢《がせい》したからじゃねえか。その恩も忘れ、今後一切関わりねえだと！」

亀蔵がぶるぶると身体《からだ》を顫《ふる》わせる。

「まあま、親分、そうカッカとするもんじゃありませんよ。ここはひとつ、おりきさんに委せようではありませんか。それより、おまえさんはおさわのことを考えてやることです。暫《しばら》く見世《みせ》に出すのを控《ひか》えたほうがよいのでは？」

忠助が宥《なだ》めると、亀蔵は恨《うら》めしそうに睨《ね》めつけた。

「俺だって、出来るもんならそうしてェさ。けどよ、鍋を焦がそうが注文を取り違えようが、身体を動かしてくれてるほうがまだ安心と思わねえか？　二階で寝かせてたんじゃ、首括《くびく》りでもするんじゃなかろうかと、俺もこうめも気が気でねえのよ……」

おりきの胸がチカッと疼《うず》いた。

善助《ぜんすけ》が気鬱《きうつ》の病に罹《かか》ったとき、おりきも善助を独《ひと》りにさせないで、極力《きよくりよく》、皆の目が届く場所に置こうとした。

それゆえ、おりきには亀蔵の想いが手に取るように解るのだった。

「親分、暫く辛抱《しんぼう》して下さいませね。すぐさま、川口屋に文を届けますので……」

「済まねえな」

亀蔵は心許《こころもと》ない声を出すと、ふうと肩息を吐いた。

川口屋栄左衛門《えいざえもん》が駆けつけて来たのは、翌日のことである。

栄左衛門は帳場の畳《たたみ》に頭を擦《す》りつけるようにして謝った。

「申し訳ないことを致しました。あたしは黒田とおさわさんの間がそんなことになっているとは露《つゆ》知らず、義母上《ははうえ》（おさわ）は体調を崩《くず》しておられるゆえ、住み慣れた品川宿で静養してもらっているという三千世の言葉を鵜呑《うの》みにしていたのですよ。陸郎が病の床《とこ》に就《つ》いてからも、おさわさんに知らせたほうがよいのではないかと言いましたところ、とても小石川まで来られる状態ではない、そんなことをすれば、夫ばかりか義母上までが生命《いのち》を落とすことになるというものですから、その言葉をすっかり信じてしまいました」

「では、おまえさまはおさわさんを陸郎さまに逢わせてもよいとお思いなのですね？」

おりきがそう言うと、栄左衛門は途方《とほう》に暮れたような顔をした。

「逢わせるといいましても……」

栄左衛門が苦渋《くじゅう》に満ちた顔をする。

「何か？」

「一廻《ひとまわ》り（一週間）前、陸郎がこの世を去りまして……」

おりきは息を呑んだ。

「それは、亡くなったということなのですか？」

「はい。胃の腑《ふ》に悪性の腫瘍《しゅよう》が出来て大層な苦しみようをしましたが、最期《さいご》は眠るように静かな顔をして息を引き取りました」

栄左衛門はそう言うと、陸郎が体調を崩したのは、秋も深まった頃だと説明した。

聞くと、身体に異常を来《きた》したのは一年も前のことで、胃の腑にものが支《つか》えたような違和感を覚えたり、時折、食べたものを嘔吐《おうと》することはあっても、いつも通りに登城を続けていたという。

それが、霜月《しもつき》に入り吐血《とけつ》を見てからは一気に悪化を辿《たど》り、慌てて医者に診《み》せたときには既《すで》に手遅れだった。

「どの医者からも永くて三月《みつき》と言われましてね……。いっそ、外科的施術《げかてきしじゅつ》で腫瘍を取り除《のぞ》いてはという意見も出たのですが、陸郎の場合、気づかないままに過ごした期間が長く、ずいぶんと衰弱していましたのでね。とても体力がもたないだろうと諦《あきら》めました。だが、舅《しゅうと》のあたしが言うのもなんですが、陸郎という男は実に忍耐力のある男でしてね。痛いだの、苦しいだのと弱音をひと言も吐《は》きませんでした。生まれつきの武士というわけでもないのに、あの男こそ、武士の鑑《かがみ》……。結句、その意地が、最期までおさわさんに逢いたいと言わせなかったのだと思うと、なんだか胸が切《せつ》なくて……。ああ、申し訳ありません。三千世が傍《そば》についていて、こんなことになってしまいまして……。妻ならば、夫の心を察し、無理にでも母親に逢わせようとしなければならないというのに、逆に遠ざけてしまったのですから、あたしは三千世の父親《ておや》として、皆さまに合わせる顔がありません。何ゆえ、三千世がそこまで意地《いじ》張《ば》ったのか……。恐らく、武家の女房として肩肘《かたひじ》を張ったのでしょうが、それは間違っています。あたしは女将から文を貰い、すぐさま黒田の屋敷に駆けつけ、三千世を叱《しか》りつけてやりました。ですが、もう何もかもが後の祭り……」

栄左衛門は袂《たもと》から手拭《てぬぐい》を出すと、ウウッと顔を覆《おお》った。

そうして、再び顔を上げると、怯《おび》えたような目でおりきを瞠《みつ》めた。

「決して娘を庇うつもりで言うのではありませんので、誤解をしないで聞いてほしいのですが、三千世も現在《いま》ではおさわさんに悪いことをしたと心より悔《く》いています。と言いますのも、おさわさんが小石川を訪ねて下さったとき、陸郎にはまだ意識があり、声をかけてやることが出来たのです。それなのに、黒田家と縁を切りたいと言い出したのは義母上ではないかと追い返してしまった……。三千世はそのことを、済まなかったと、自分は夫の病がここまで悪くなるまで気づかず、なんら手立てをしなかった義母上から責められるのが怖《こわ》かったのだ、と泣き崩れましてね……。一旦、追い返してしまったからには、危篤《きとく》に陥《おちい》ったからといって呼び戻すわけにもいかない、それで、終《つい》しか、亡くなったことも告げられなかったのだと、そう申しましてね。言い訳と取られても仕方がありません。三千世が悪いのは重々《じゅうじゅう》承知《しょうち》です。けれども、それをいえば、もっと悪いのは親のこのあたしです。確かに、陸郎は川口屋の養子として三千世と一緒に黒田家に入った……。その時点で、陸郎はあたしの息子になったのですが、人別帳《にんべつちょう》の上では縁が切れても、おさわさんは実の母……。血の繋《つな》がりが切れたわけではないのですから、三千世がなんと言おうが、あたしが気を配らなければならなかったのです」

栄左衛門がまた激しく肩を顫わせる。

おりきはどこかしら釈然《しゃくぜん》としなかった。

何ゆえ、栄左衛門は面と向かっておさわに胸の内を話そうとしないのであろうか……。

確かに、栄左衛門はおりきが文を出したからここに来たのであろうが、謝罪や弁解をするにしても、相手が違う。

「川口屋さん、お話は解りました。けれども、何ゆえ、今おっしゃったことをわたくしにではなく、おさわさんにおっしゃらないのですか？　一番聞きたいと思っているのは、おさわさんなのですよ」

栄左衛門が顔に当てた手拭を外《はず》し、狼狽《うろた》える。

「勿論《もちろん》です！　おっしゃるとおりです。何はさておき、あたしはおさわさんに謝らなければならない。ですが、いきなり八文屋《はちもんや》を訪ねてもよいものかどうか……。おさわさんに逢いたくないと断られたらどうしようか、高輪《たかなわ》の親分に怒鳴《どな》りつけられるのではなかろうかと、思い屈《くっ》しまして……。それで、その前に、女将にあたしの気持を聞いていただけたらと……」

なるほど、一人で八文屋を訪ねる勇気がないということなのだ。

「では、わたくしからおさわさんに話してくれとでも……。それとも、八文屋に同行してほしいということなのですか？」

「駄目でしょうか？　女将が傍についていて下さると、親分の逆鱗《げきりん》もいくらかでも和《やわ》らぐのではないかと思います。それに、八文屋に伺《うかが》う前にこちらに参りましたのには、もう一つ理由《わけ》がありましてね。女将に慰謝料《いしゃりょう》の額を相談したいと思いまして……」

栄左衛門が袱紗《ふくさ》に包んだ金子《きんす》を、懐《ふところ》から取り出す。

袱紗の厚みから見て、切餅《きりもち》（二十五両）一つ……。

さっと、おりきの顔に険《けわ》しいものが過ぎった。

「川口屋さん、慰謝料とは……」

「ええ、ですから、此度《こたび》、あたくしどもはおさわさんに失礼なことをしてしまいました。せっかく訪ねてみえたというのに追い返してしまい、一人息子の死に目に逢わせてやれなかったのですからね。おさわさんは大層疵《きず》つかれたことと思います。それだけではありません。大切な息子を養子にいただいたというのに、わたくしどもではこれまでおさわさんに何一つして差し上げていません。本来ならば、陸郎を川口屋にいただいたときに謝礼すべきだったのですが、あの折は、金を貰ったのでは陸郎を売ったことになる、あたしは陸郎を学問の道に進ませてやりたいから手放すのだとおさわさんが固辞《こじ》されましてね。それであたしも、いずれはおさわさんを黒田の屋敷に呼び寄せることになるのだからと思い、引き下がりました。けれども、事情が変わったわけです。陸郎が亡くなり、老《お》いたおさわさんは一人きりになってしまった……。孫の軌一郎《きいちろう》がいるといっても、陸郎がいなければ、今後、おさわさんが黒田の屋敷に見えることはないでしょう。となれば、陸郎が生きていればしてやったであろうことを、わたくしどもでさせていただく以外にはないと……。金で清算するというのも甚《はなは》だ失礼な話なのですが、どう考えても、これしか方法がありません。それで、取り敢《あ》えず二十五両お持ちしたのですが、これでは少ないでしょうか？」

栄左衛門が上目《うわめ》におりきを窺う。

おりきの頭にカッと血が昇《のぼ》った。

「川口屋さん、冗談を言うのも大概《たいがい》にして下さいませ！　金で清算するというのも甚だ失礼ですと？　その通りではないですか！　おまえさまはおさわさんの気持を、まったく解っておいでではない！　おさわさんは陸郎さまを生命《いのち》と思っておいでなのですよ。その生命を失ったのですもの、哀《かな》しみはいかばかりのものか……。生命は決して金では購《あがな》えません。それに、元々、おさわさんは金などお望みではありません。今、そんなことを言えば、おさわさんはもっと疵つき、哀しみの淵《ふち》に追いやられてしまいます！」

栄左衛門はがくりと肩を落とした。

「では、どうしたらよいと……」

「ただ謝ることです。心を込めて、おさわさんを追い返してしまったことを謝るのです。陸郎さまがお亡くなりになったことは、川口屋さんのせいでも三千世さまのせいでもなく、宿命《さだめ》なのですよ。立場こそ違え、陸郎さまを失った哀しみは、皆同じ……。ですから、哀しみを分かち合い、励まし合うことこそ、今一番必要なことなのではないでしょうか」

栄左衛門が項垂《うなだ》れたまま頷《うなず》く。

「おっしゃるとおりです。よく解りました」

「それで、陸郎さまはどこに埋葬されましたの？」

「小石川の称名寺《しょうみょうじ》です。実は、家内の甥《おい》が寺男《てらおとこ》をしていたことがありましてね。此度、その男を黒田の養子にしましたので、その縁で、称名寺に……」

栄左衛門の湯呑《ゆのみ》に茶を注《つ》ごうとした、おりきの手が止まる。

「養子とは……」

栄左衛門は挙措《きよそ》を失った。

「誤解なさらないで下さいまし。三千世の亭主にという意味ではないのです。陸郎の存命中《ぞんめいちゅう》に、黒田家の養子として迎えたのです。と申しますのも、嫡男《ちゃくなん》の軌一郎は六歳とまだ幼少ですので、すぐさま家督《かとく》を継《つ》ぐわけには参りません。けれども、継承者《けいしょうしゃ》がいないままでは、幕府に禄《ろく》を返上しなければなりません。それで、陸郎にまだ息のあるうちに養子を取り、軌一郎が元服した暁《あかつき》には、その男から軌一郎へと家督が移るようにと約束を取りつけたのです。姑息《こそく》なやりように思えますが、せっかく手に入れた御家人株です。一旦手放してしまうと、再び手に入れるのは厄介《やっかい》ですからね」

栄左衛門は反応が気になるとみえ、話しながら頻《しき》りにおりきを窺った。

「当然、そのことは陸郎さまも了解されてるのでしょうね？」

「勿論です。実は、陸郎がそうするようにと言いましてね。家内の甥は恵三《けいぞう》といいますが、一時期、陸郎が学問や剣術の稽古《けいこ》をつけてやったことがありましてね。恵二の人となりは陸郎が一番よく知っていました。だから、この男ならと思ったのでしょうよ」

「けれどもそうなると、軌一郎さまに家督を譲《ゆず》られた後、恵三さまはどうなさるおつもりなのでしょう」

「ああ、そのことですか……。幼い頃より、恵三は仏門に入るのが夢でしたからね。称名寺の住持《じゅうじ》もそのことはご理解下さり、黒田家での務《つと》めが終わった暁には、再び、称名寺に迎えて下さると約束して下さいました」

「そうですか……」

おりきの胸に熱いものが衝《つ》き上げてくる。

称名寺といえば、おさわがお百度詣《ひゃくどまい》りをした寺である。

まさか、おさわは陸郎が称名寺の寺男恵三に黒田家を託《たく》したと知っていて、お百度詣りをしたわけではなかろう。

すると、数多《あまた》と寺が点在する小石川で、目に見えない糸に引かれるようにして、おさわが称名寺に詣ったのも、因縁《いんねん》なのであろうか。

「では、八文屋にご一緒して下さいますね?」

栄左衛門がおりきに目を据える。

「ええ。ご一緒いたしましょう」

陸郎の死をおさわに伝えるのは、辛い役目である。

だが、決して避《さ》けては通れない。

やはり、わたくしがおさわさんの傍についていて差し上げなければ……。


おさわは栄左衛門から陸郎の最期の様子を聞く最中《さなか》も、顔色ひとつ変えなかった。

どこかしら上《うわ》の空で虚《うつ》ろな目をし、傍《はた》で見ていると、聞いていないのかと思ったほどである。

が、今際《いまわ》の際《きわ》に陸郎がかすかに口を動かし、何か言いたいのかと耳を近づけたが聞き取れなかった、唇の動きから見て、あれはおっかさんという言葉だったように思う、と栄左衛門が言ったときだけ、ハッと顔を上げ、栄左衛門を凝視《ぎょうし》した。

だが、それは束の間のことで、それからも、おさわは感情を圧《お》し殺し、淡々《たんたん》とした様子で話を聞いていた。

「そんな理由《わけ》で、三千世もおまえさんに悪いことをしたと心から反省をしています。どうか、あの娘《こ》のことを許してやって下さい。三千世は怖かったのです。内心は不安で堪《たま》らず、取り乱しそうになるのを懸命《けんめい》に堪《こら》え、何があろうとも武家の女房として毅《き》然《ぜん》としていなければならないと、その想いにがんじがらめになっていたのでしょう。それで、おさわさんにあんな失礼な態度を取ってしまった……。商人《あきんど》の娘に生まれたがために、三千世は武家の女ごに後《おく》れを取ってはならないと常に背伸びしていたのです。けれども、そうさせたのは、あたしなのですよ。常から、あたしは三千世に武家の女房として気丈《きじょう》であれと言い続けてきましたからね。が、それは決して人としての情を捨てろという意味ではなかった……。それなのに、あの娘《こ》は！　あたしの真意を解ってくれていなかったのです。どうか、許してやって下され」

栄左衛門が深々と頭を下げる。

「ねっ、おさわさん、川口屋さんもこんなふうに謝っておいでなのです。もう、おまえさんには恨みなんてないですよね？」

おりきがおさわの顔を覗《のぞ》き込む。

「恨みなんて……」

おさわは鼠鳴《ねずみな》きするように呟《つぶや》き、首を振った。

「てんごう言うもんじゃねえや！　恨んでねえだと？」

亀蔵が苦虫《にがむし》を噛《か》み潰《つぶ》したような顔をして、鳴り立てる。

「親分、そんなことを言うものではありませんわ。おさわさんは誰も恨んでいないと言っているのですよ」

おりきが宥めると、亀蔵はへっと鼻で嗤《わら》った。

「おう、そうかえ、そうかえ……。だがよ、おさわは恨んじゃねえとしても、この俺は恨んでるからよ！　川口屋、おめえの娘は婢《はしため》を使って、この俺さまを門前払いにしやがったんだぜ！　高輪くんだりから小石川まで脚《あし》を運んだというのによ、茶の一杯《いっぺえ》も振る舞おうとしやしねえ。挙句《あげく》、いかに親分が十手を振り翳《かざ》そうと、わたくしどもにはなんら効《き》き目がありませんと来やがった！　置きャあがれってェのよ！」

亀蔵が糞忌々《くそいまいま》しそうに毒づくと、栄左衛門は狼狽え、ぺこぺこと飛蝗《ばった》のように頭を下げた。

「済みません……。本当に、申し訳ないことをいたしました」

　おりきが割って入る。

「親分、もうよいではありませんか。こうして川口屋さんは謝っておいでなのです。それに、先ほど聞いた話では、小石川の称名寺に立派な墓を建てて下さるそうです。臨終《りんじゅう》にも葬儀にも立ち会うことが出来ませんでしたが、四十九日までには墓碑《ぼひ》が建つそうですので、お詣りさせていただきましょうよ」

「えっ、なんだって！　おりきさん、おめえ、今、称名寺と言ったよな？」

　亀蔵が胴間声《どうまごえ》を上げ、さっとおさわに視線を移す。

　おさわも信じられないといった顔をして、亀蔵を見た。

「こんなことって……。おさわ、おめえ、あの寺が黒田と関係あると知っていたのか？」

「いえ……」

　おさわが訝しそうに首を振る。

「だったら、なんで……。おっ、川口屋、称名寺は黒田の檀那寺《だんなでら》なのか？」

「いえ、あたくしどもは黒田の御家人株を買っただけでして……。黒田家の墓所は上野だと聞いています。家屋敷は幕府からの拝領《はいりょう》なので、あたくしどもはそのままあの屋敷に入りましたが、まさか、縁もゆかりもない方の墓所に入るわけにはいきません。

そうかといって、川口屋の墓所に入るわけにもいきませんでしょう？　それで、黒田が軌一郎の代になり、その先も脈々と子孫に継承されていくようにと、新《あら》たに墓所を求めることにしたのです。称名寺はたまたまあたしの家内の甥が寺男をしていましてね。それで陸郎を称名寺に葬ることにしたのですが、それが何か？」

　栄左衛門が亀蔵の顔色を窺いながら言う。

「いや、それが実に摩訶不思議《まかふしぎ》な話でよ……。おさわは黒田の屋敷から追い返された後、称名寺の境内《けいだい》でお百度詣りをしたんだがよ。考えてみると、あんときゃ、陸郎はまだ生きていたわけだ……。それなのに、何も知らねえおさわが数ある寺の中から称名寺を選び、そこで願掛《がんか》けしてたんだからよ。おさわ、おめえはなんであの寺を選んだ？」

　亀蔵に訊《き》かれ、おさわは慌てた。

「なんでと言われても……。ただ、なんとなく……。伝通院《でんずういん》は大きすぎて気後《きおく》れしたし、どこの寺にするか彷徨ってたんだけど、神田川《かんだがわ》まで下りたところで、ふっと身体が何かに引っ張られるような気がして、気づくと、称名寺の前に立ってたんだよ……」

　その言葉に、今度は、おりきと亀蔵が顔を見合わせる。

二人とも、物の怪《け》にでもあったかのような顔をしている。

「やっぱなあ……」

「ええ、そうですわね」

栄左衛門が狐《きつね》につままれたような顔をする。

「えっ、一体これは……」

亀蔵は改まったように咳《しわぶき》を打つと、栄左衛門を見た。

「おめえさん、まだ気がつかねえのかよ？　これはよ、陸郎が生霊《いきりよう》となって、おさわを称名寺に導いたに違《ちげ》ェねえんだ。だってそうだろう？　その時点では、陸郎はまだ生きていた……。だから、病の床に臥《ふ》しながらも、おさわが逢いに来てくれたことを知り、それで称名寺へとおさわを導いた。陸郎には、やがてそこがてめえの墓所となることも解っていたのよ。だから、おさわがお百度詣りをする最中も、生霊となって、ぺたりとおさわの傍に貼《は》りついていた……。そうやって、おさわに最期の別れを告げたんだよ。それで読めたぜ！　やっぱ、陸郎が今際の際に呟いた言葉は、おっかさんって言葉なんだ！　なっ、おさわ、そうだよな？」

亀蔵がおさわを睨めつける。

そのとき初めて、おさわの目に涙が溢《あふ》れた。

ぷくりと盛り上がった涙が、弾《はじ》けたように頰を伝い落ちる。

おさわは口を閉じ、はらはらと大粒の涙を零《こぼ》し続けた。

おりきがその肩をそっと抱いてやる。

「女将さん……」

おさわが消え入りそうな声を出す。

「えっ、なァに？」

「あたし、ようやく泣くことが出来た……。なんだか胸の中にぽかりと穴が空《あ》いたみたいで、辛くて哀しくて堪らないのに、どうしたことか涙が出て来なかったんですよ。それで、あんまし哀しすぎると涙って出ないんだと思ってたんだけど、陸郎があたしのことを忘れちゃいなかったんだと知った途端《とたん》に、ほら、こうして……」

「おさわさん、泣いてもいいのですよ。泣くことが死者を弔《とむら》うことになるのですからね」

おさわは幼児のように、うんうんと頷いた。

そうして、前垂《まえだ》れで涙を拭《ぬぐ》うと、栄左衛門の前に手をついた。

「川口屋さん、陸郎の墓に詣らせてもらってもいいでしょうか」

「勿論ですとも！　いいに決まってるではないですか。現在《いま》はまだ白木《しらき》の墓標《ぼひょう》だが、四十九日までには立派な墓碑を建てるのでな。それまで待ってもいいし、今すぐにでも詣って構わない……。これからは誰に憚《はばか》ることなく、おまえさんが詣りたいときに詣ればいいんですよ」

「有難うございます」

おさわが深々と頭を下げる。

「あたし、今ようやっと、踏ん切りがつきました……。よく考えてみれば、陸郎は川口屋の養子に入ったとき、既に、あたしの手を離れてたんですもんね。それなのに、あたしったら、陸郎が黒田陸郎となってからも、理屈じゃ解っていてもまだどこかしら割り切れず、いじいじと逢えないことを恨めしく思ってたけど、もう陸郎は黒田の屋敷にもどこにもいない……。こうして、あたしの元に戻って来てくれ、心の中にすっぽりと入ってくれたんですよ。そう思うと、哀しんでばかりいられない。寧《むし》ろ、悦ばなきゃならないんだって……。済んません。川口屋さんや三千世さんには申し訳ないんだけど、なんだか、そんな気がしてならないんですよ」

「いや、いいんだよ、それで……。おさわさんに陸郎への想いがあるように、三千世にも軌一郎にも、このあたしにも陸郎への想いがありますからね。皆それぞれの想いがあっていいんだ。陸郎は心根《こころね》の優《やさ》しい男だから、それぞれの想いにちゃんと応《こた》えて廻《まわ》るだろうさ」

栄左衛門がしみじみとした口調で言う。

おりきの目にワッと涙が衝いてきた。

そっと懐から懐紙《かいし》を取り出すと、目頭《めがしら》を拭う。

何故《なぜ》かしら、後から後から、切なさが込み上げてきた。

それは、陸郎や善助、おたか、又市《またいち》、そして如月鬼一郎《きさらぎきいちろう》、壬生平四郎《みぶへいしろう》と、亡くなっていった者すべてへの涙であり、また遺《のこ》された者への涙でもあった。

亀蔵がそんなおりきを見て、ひょっくら返す。

「おう、おめえが泣くのは構わねえが、それにしても、大概《てえげえ》にしな！」


「その後、おさわさんの様子はいかがですか？」

おりきが茶を淹れながら訊《たず》ねると、亀蔵はうむっと何やら曖昧《あいまい》な表情を返した。

「それがよ……。陸郎の墓に詣ってきたところまではよかったんだが、翌日から、気が抜けたのか寝込んじまってよ。具合が悪いのなら、素庵《そあん》さまに診てもらえと言っても、どこも悪くない、ただ身体から力が抜けちまったようで、何もする気になれないのだと言い張ってよ。こうめがおばちゃんはこれまで我勢してきたんで、息子の死に直面した途端、溜《た》まりに溜まった疲れが一気に出ちまったんだよと言うもんだから、暫く休養させてやる意味で、俺も放っておくことにしたんだ……」

「では、あれからずっと臥していらっしゃるのですか？」

「ところがよ、餓鬼《がき》の力って大《てえ》したもんだぜ！　おさわが寝込んで三日目だったかな？　みずきがあすなろ園で作った紙の立雛をおさわの寝床まで運んでってよ……。明日は雛祭じゃないか、みずき、おばちゃんの作ったちらし寿司《ずし》と蛤《はまぐり》の吸物《すいもの》で雛祭を祝いたい！　おっかさんが代わりに作ってやると言ったけど、みずきはおばちゃんが作ったちらし寿司でなきゃ嫌《いや》だ、とせがんだのよ」

　おりきが、まあ……、と目を細める。

　誰が強《し》いたというわけでもないのに、みずきは子供心に機転《きてん》を利《き》かせたのであろう。

「みずきちゃんに言われたのでは、おさわさんも寝ているわけにはいきませんわね」

「そういうことよ……。おさわの奴、みずきを抱き締《し》めて、おばちゃんにはみずきちゃんがいたんだもんね、いつまでもめそめそなんてしていられない、有難う、有難うって、何度もそう言ったというのよ」

「それで、おさわさんは再び八文屋に復帰したんですね？」

おりきがそう言うと、てっきり頷くと思った亀蔵が、またもや苦《にが》い顔をした。

「……………」

おりきが怪訝《けげん》そうに亀蔵を窺う。

「復帰したことはしたんだがよ。いや、雛祭の晩はよかったんだ……。五目寿司《ごもくずし》どころか十目《じゆうもく》以上も具《ぐ》の入《へえ》ったちらし寿司に、錦糸《きんし》玉子《たまご》や海老《えび》粉《こ》、海苔《のり》を散らし、なんと、その上に、焼き穴子《あなご》や紅生姜《べにしようが》、隠元《いんげん》の細切りが彩《いろど》りよく載《の》せてあるじゃねえか！　俺ャ、おさわが作ったちらし寿司を何度も食ってきたが、今回のが最高だったぜ。見た目も味も絶品でよ。みずきが悦んだのなんのって……。俺ャ、これでもう、おさわは完全に吹っ切れたなと思ってたんだ」

亀蔵はそこまで言うと、大仰《おおぎよう》に太息《ふといき》を吐いた。

「では、また？」

おりきも眉根を寄せる。

「いや、寝込んだわけじゃねえんだ。あれから板場にも立つし、みずきの相手もするんだが、みずきの相手をするときはまだいいとしても、こうめの話じゃ、おさわの作る煮染《にしめ》の味に変化が出たというんだな。しかも、何を考えているんだか、茫然《ぼうぜん》としていることが多いそうでよ」

「煮染の味に変化とは……」

「煮染はおさわの十八番《おはこ》だからよ。左官《さかん》の朋吉《ともきち》なんぞ、おさわの煮染に敵《かな》う者はいねえ、天下《てんか》一品《いっぴん》の煮染だと豪語《ごうご》するほどだが、その朋吉からも苦情が出たらしい。味に減《め》り張りがねえと……」

「味に減り張りがないですって？」

「つまりよ、コクがねえというか、深みがねえってことなんだろうがよ……。それで、俺も食ってみたんだが、俺の舌はどうかしてんのか、別にいつもと違わねえ気がしてよ。ところが、こうめや鉄平《てっぺい》までが、どこかしら違うと言うのよ」

「食材も作り方も、今までと違っていないのですよね？」

おりきはそう言って、ああ……、と思い当たった。

食材も作り方も同じで味が違うのであれば、料理人の体調が悪いか、心が入っていないからである。

恐らく、おさわの場合は心であろう。

これまで、おさわは料理を作ることを愉《たの》しんできた。

それが陸郎を失ったことで、料理を愉しむという感情まで失ってしまったのではなかろうか……。

義務として作ろうとすれば、心が入らない。

「料理は包丁の腕でもなければ、食材のよし悪《あ》しでもねえ。味つけだ。煮方《にかた》に大切《てえせつ》なことは、いかに食材の持つ味を引き出してやるかだが、そのためには、火加減や味つけがものを言う。中でも、よりよい味を出すには、心という調味料が一等大事！　美《う》味《ま》くなれ、美味くなれ、と心を込めて作ってやることだ……」

いつだったか、巳之吉《みのきち》がそんなふうに煮方の連次《れんじ》に言い含めていたことがある。

おりきはたまたま用があって板場に入り、聞くとはなしに小耳に挟《はさ》んだのであるが、あれは、このことをいっていたのだ……。

亀蔵には味の変化が判らないというが、毎日のようにおさわの煮染を食べ、お袋の味とまで言った朋吉や、こうめ、鉄平といった調理に携《たずさ》わる者には、味の微妙《びみょう》な変化が判るのであろう。

「それで、おさわさんはどんなふうに言っているのですか？　こうめさんか親分が指摘なさったのでしょう？」

「天骨《てんこち》もねえ！　そんなこと、口が裂《さ》けても言えっこねえじゃねえか。それでなくても、おさわは陸郎を亡くして気落ちしてるんだぜ？　煮染の味が落ちたなんて言ったら、それこそ、傷口に塩を塗《ぬ》るようなもんだからよ。けどよ、俺たちが言わなくても、おさわにゃそのことが解ってた……」

「それはどういうことなのですか？」

「夕《ゆん》べ、俺が八文屋に帰《けえ》ると、こうめや鉄平が神妙な顔をしていてよ。なんと、おさわが八文屋を辞《や》めさせてくれと言い出したというじゃねえか……。いや、辞めるといっても、今すぐにじゃねえ。おさわの話じゃ、三月の末に陸郎の四十九日の法要があり、墓碑が建つそうでよ……。川口屋の旦那が口利《くちき》きしてくれたお陰で、黒田からおさわにも参列してくれるようにと言ってきたんだとよ。無論、おさわも四十九日の法要には参列するだろうて……。それでよ、おさわが言うには、今後は陸郎の傍近《そばちか》くにいてやりたいのだとよ」

「………」

おりきは呆然とした。

亀蔵の言っている意味が解らないのである。

「おめえが狐につままれたような顔をするのも無理はねえ。俺だって、おさわが何を言っているのか解らなかったんだからよ。つまりよ、陸郎の墓詣りをしてやろうにも、高輪と小石川じゃあまりにも遠すぎるというのよ。そりゃそうさ。行って帰《けえ》るだけでも、半日以上かかるんだからよ。それで、四十九日を済ませたら、称名寺の近くに住みたいというのよ」

「けれども、おさわさんが小石川に住むといっても、どうやって立行《たちいき》するつもりなのでしょう。まさか、黒田のお屋敷に？　それとも、おさわさんの掛かり費用を川口屋が持つとでも……」

亀蔵がはンと嗤う。

「陸郎がいたときでさえ、あの屋敷に居辛《いづら》かったおさわだぜ？　陸郎がもうこの世にいねえというのに、黒田の屋敷なんかに行くわけがねえ！　それによ、川口屋が金を出すといっても、あのおさわが黙って受け取るわけがねえだろ？」

「では……」

「称名寺の門前に茶店があってよ。この前《めえ》、おさわがお詣りしたとき、賄《まかな》い人求む、と貼り紙が出てたんだってよ。おさわはさっそく御亭《ごてい》に掛け合ったそうでよ。四月から働かせてくれねえかと……」

「それで、決まったのですか」

亀蔵が蕗味噌を嘗めたような顔をする。

「ああ……。住み込みで構わねえそうだ。おさわは歳《とし》は食ってるが、我勢者《がせいもの》だからよ。

茶店の御亭もひと目で見抜いたんだろうて……。まっ、寺の茶店といえば、大《て》した食《え》い物を出すわけじゃねえ。饂飩《うどん》とか田楽《でんがく》、せいぜい、おでんといったものを出すくれェだしよ。何より、そこなら、陸郎に毎日逢える。おさわも言ってたぜ。陸郎がもうこの世にいないと解って以来、すっかり料理に対する意欲を失っちまった、けど、その茶店でなら、陸郎の傍についていてやれるので、再び、作ることへの意欲が湧《わ》いてくるかもしれないってよ……。なっ、おさわがそこまで言うんだ、仕方がねえだろ?」

亀蔵が溜息《ためいき》を吐く。

おりきにも、おさわの気持が手に取るように解った。

おさわはこれから陸郎との、失ったとき、を取り戻そうとしているのである。

「もう陸郎は黒田の屋敷にもどこにもいない……。こうして、あたしの元に戻って来てくれ、心の中にすっぽりと入ってくれたんですよ」

おりきの脳裡《のうり》に、おさわの言葉が甦《よみがえ》った。

「そうですね。それがおさわさんの幸せに繋がるのですもの、わたくしたちは快《こころよ》く送り出して差し上げなくては……。おさわさんに逢いたければ、茶店を訪ねればいいのですものね」

「そりゃまっ、そうなんだがよ……」

まだ何か気にかかることがあるとみえ、亀蔵が眉根を寄せる。

「みずきがおさわと離れることを納得してくれるかどうか……。おさわもみずきのことだけは気にしていたからよ」

「そうですわね。おさわさんがみずきちゃんを取り上げたのですものね。みずきちゃんにしてみれば、おさわさんはこうめさん以上に母であり、また、祖母でもあるのですもの……」

「だが、別れはいつだってある。しかもだ、死に別れるというのじゃなく、逢おうと思えばいつだって逢えるんだからよ。おさわも茶店から許しが出れば、みずきに逢いに帰《けえ》って来ると言ってるからよ」

「けれども、そうなると、こうめさんと鉄平さんは責任重大ですわね。おさわさんの抜けた八文屋を、二人で背負《せお》っていかなければならないのですもの……」

「なに、あいつらもそろそろ自立しなくちゃなんねえ。八文屋はあの二人の見世なんだからよ」

亀蔵はおりきにすべてを話してしまい、やっと胸の支《つか》えが下りたとみえ、にっと笑って見せた。

「おっ、茶をもう一杯《いっぺえ》くんな！」

おりきはふわりとした笑《え》みを返した。


雛祭が過ぎると水温《ぬる》み、一気に春めいてきた。

うらうらとした春光《しゅんこう》の中、いつしか風が運ぶ花の香《か》も、桃《もも》やからももの花から木蓮《もくれん》や辛夷《こぶし》、連翹《れんぎょう》といったものに代わり、御殿山《ごてんやま》の桜もはや三分《さんぶ》咲きだという。

この時季、品川宿の干潟《ひがた》は、汐干狩客《しおひがりきゃく》で蟻《あり》の這《は》い出る隙《すき》がないほどの賑《にぎ》わいである。

というのも、雛祭を境に汐の満ち引きが激しくなり、明け六つ（午前六時）から引き始めた汐が、正午頃には遥《はる》か沖まで干してしまうからである。

連日、汐干狩客や花見客と街道筋の立場茶屋は大繁盛《だいはんじょう》であるが、旅籠もまた、参勤交代《さんきんこうたい》の季節を迎え、先乗《さきの》りを相手に宿割《やどわり》に大わらわであった。

田澤屋伍吉《たざわやごきち》がやって来たのは、徳島藩《とくしまはん》の先乗りと打ち合わせを済ませ、ひと息吐いたときである。

伍吉は帳場に入って来ると、達吉《たつきち》の隣に坐り、帳簿のつけ方を教わる番頭見習の潤三《じゅんぞう》を見て、ほお……、と頬を弛《ゆる》めた。

「おや、すっかり旅籠の番頭らしき顔になってきたではないか！」

潤三は照れたように目を瞬《しばた》き、ぺこりと頭を下げた。

「おいでなさいませ」

「これは、田澤屋さん……。今日はまたいかがなさいました？」

達吉が愛想《あいそ》のよい笑いを返す。

「いや、ちょいと頼みたいことがありましてね。女将は？」

「あっ、呼んで参りやしょう。潤三、女将さんは客室で花を活《い》けていなさるので、呼んで来なさい」

潤三がぺこりと頭を下げて、帳場を出て行く。

「堺屋《さかいや》のお陰で、うちはよい拾いものをしやしたよ。あの男は実に賢《さと》い男でしてね。打てば響《ひび》くという言葉は、あの男のためにあるといっても過言《かごん》ではないほどで、女将さんもお悦びでやして……」

達吉が長火鉢の傍に座布団《ざぶとん》を敷《し》き、伍吉の席を作る。

「それは良かった。潤三がここに来て、ひと月か……。堺屋に残った連中も、番頭が沙濱《すなはま》に開いた居酒屋に一緒に移ったと聞きましたぞ」

「沙濱に……。それはよい場所に開いたものですな。何より、仕入れに便利だ。で、見世の名前《なめえ》はなんと？」

「それが律儀《りちぎ》にも、堺屋とつけたそうで、お庸《よう》さんもお悦びでよ」

「そりゃそうでやしょう。お庸さんは堺屋を売った金の中から、慰労金《いろうきん》として、小体《こてい》な見世が出せるくれェの大金を番頭にくれてやったんでやすからね。見世の名に堺屋とつけたところで罰《ばち》は当たらねえ……。で、お庸さんはお元気で？」

「ああ、息災《そくさい》にしておられますよ。母屋《おもや》の改装が済むまで、洲崎《すさき》の別荘であたしのお袋と一緒に暮らしてもらっているのですが、なんと、すっかり息が合っちまいましてね。まるで古くからの知り合いかのように、いや、あれはそんなもんじゃない！　まるで、実の母娘《おやこ》といってもいいほどで、あたしの家内など、あの二人の間には割って入れないと零しているほどです」

　そこに、おりきが帳場に入って来る。

「あら、愉しそうですこと！　誰が割って入れないのですか？」

　おりきが伍吉に微笑《ほほえ》みかけ、畳に手をつくと、おいでなさいませ、と頭を下げる。

「いや、お庸さんがうちのお袋とすっかり意気投合したと話していたんだよ。女将、突然訪ねて来て悪かったね。実は、急なことで悪いのだが、この十日、いよいよ店開きをしようと思ってね。が、その前に、門前町《もんぜんちょう》の宿老《しゅくろう》や世話になった方々をお招きし、改築祝いをやりたいと思いましてね。そろそろ各藩の参勤交代が始まることでもあり、立場茶屋おりきでは席の温まる暇がないほどの忙しさだということは解っているつもりなんだが、あたしにとっては一世一代の晴れ舞台といってもよく、是非《ぜひ》にも、巳之吉の料理を客に振る舞いたいと思いましてね。女将、どうだろう？　無理を聞いちゃもらえないだろうか……」

伍吉が気を兼ねたように、おりきを窺う。

「お目出度《めでと》うございます。改築祝い、開店祝いと目出度いことですもの、是非、わたくしどもに祝膳《いわいぜん》をやらせていただきたく思いますが、それはいつのことなのでしょう」

「それが、明後日《あさって》と考えていましてね。もう少し前にすればよかったのだが、母屋の改築に手間取りましてね。何しろ、母屋にあたしと家内、お袋とお庸さんといった具合に、二世帯が入るわけですからね。見世のほうは元々二階家だったので改築に手間取りませんでしたが、母屋がねえ……。奥向きのお端女《はした》や下男の部屋も確保しなければならず、母屋が平屋だったために一部を二階に造り替えたのですよ。本当は、中庭を削《けず》って厨《くりや》や厠《かわや》をそこに造れば簡単に済んだものを、お庸さんが中庭だけはそっくり残してくれと言われるものでね……。いえ、あたしもそれで良かったのだと思っているのですよ。中庭には、亡くなった栄太朗《えいたろう》さんの想いが詰まっていますし、緑が多いに超《こ》したことはありませんからね。そういう理由《わけ》で、完成したのが二日前……。これから引っ越しとなれば、皆さまに披露《ひろう》するのは早くても明後日になるかと思いましてね。それより遅くなれば、余計こそ、こちらさまに迷惑がかかる……。で、どうでしょう、明後日というのは……」

伍吉がおりきの反応を窺おうと、目を皿にする。

「それは昼間のことですよね。ええ、大丈夫かと思います。現在のところ、広間に予約は入っていませんし……」

おりきが留帳《とめちょう》を調べ、達吉に、大丈夫ですよね、と目まじする。

「いや、広間を使うのではなく、仕出し、いや、出張料理という形でやってもらえないかと思いまして……。と申しますのも、せっかく改築した店や母屋を皆さまに披露するわけです。出来れば、そのままうちで宴席《えんせき》を催《もよお》せないかと思いましてね」

伍吉の申し出に、おりきと達吉は顔を見合わせた。

旅籠の広間でやるのであれば、巳之吉は祝膳を作りながら並行して泊まり客の夕餉《ゆうげ》膳《ぜん》の仕度が出来るが、出張料理となれば半日以上も板場を留守にすることになる。

出張料理は倉惣《くらそう》の寮で経験済みといっても、此度は参勤交代で客室は満室である。

「潤三、板頭を呼んで下さい」

おりきは潤三にそう言うと、伍吉に目を返した。

「巳之吉に訊《たず》ねてみませんと、わたくしにはお請《う》け出来るかどうか答えられないのですが、それで、お客さまは何人ほどで？」

「ええ、それが……。門前町の宿老に道中奉行から反町《そりまち》さま、それに棟梁《とうりよう》の政五郎《せいごろう》さんや七海堂《ななみどう》などこれまで世話になった方々やあたしどもの家族を併《あわ》せますと、二十人にはなりますかな？　勿論、女将もその中に入っていますからね」

「まあ、わたくしも？　でも、それは……。それに、二十人分となりますと……」

おりきが達吉に視線を移す。

達吉は困じ果てたように、腕を組んだ。

「あっしにゃ、どう答えてよいのか……」

と、そこに巳之吉が顔を出した。

「お呼びだそうで……」

巳之吉は戸口に膝をつき、伍吉の姿を認めると慌てて片襷《かただすき》を外《はず》した。

「巳之吉、中に入ってご挨拶《あいさつ》をなさい。以前、田澤屋さまにはうちで還暦《かんれき》祝いをしていただいていますが、此度は改築祝いをなさりたいそうですの」

巳之吉が長火鉢の傍に寄ってくる。

「その節は有難うございます。あの折、洲崎のご隠居さまに弁当を作らせていただきやしたが、ご隠居さまは悦んで下さいやしたでしょうか？」

「おお、弁当よのっ……。急な頼みだったのに、快く引き受けてくれて助かったよ。ああ、悦びましたよ、悦んだのなんのって！　夕餉を済ませていたはずなのに、あたしが一度に食べなくても明日の朝餉《あさげ》に少し残しておけばと言うのも聞かず、何一つ余すことなく食べてしまいましたよ。おまえさんの料理をすっかり気に入り、立場茶屋おりきに是非一度つれて行けと、まあ、子供のように駄々《だだ》を捏《こ》ねましてね。此度も、おまえさんに祝膳を作ってもらうのだと言うと、大層の悦びようで……。それで、どうだろう、此度も明後日と急な話で済まないのだが、引き受けてくれないだろうか」

伍吉が縋《すが》るような目で見る。

「明後日ですか。で、時刻は？」

「見世や母屋のお披露目《ひろめ》を済ませ、中食《ちゅうじき》にと思っているのでね」

「だったら、大丈夫《でえじょうぶ》でやしょう」

「えっ、引き受けてもらえるって？　ああ、良かった……」

おりきは慌てた。

「巳之吉、話を最後までお聞きなさい。田澤屋さんは出張料理でとおっしゃっているのですよ。しかも、二十人分！」

「出張料理……。二十人分でやすか」

巳之吉は言葉を失った。

そんな巳之吉を、全員が固唾《かたず》を呑んで瞠めている。

暫く間をおいて、巳之吉が口を開いた。

「出張料理といっても、田澤屋は彦蕎麦《ひこそば》の隣でやすからね。すべてを現場で作らなくても、うちで作って運ぶことが出来やす。勿論、羹《あつもの》や揚物《あげもの》といったものは田澤屋の厨を使わせていただくことにして、その前《めえ》に、厨や座敷の下見をさせてもらいてェのですが……」

「ああ、そうしておくれ。まだ家具や什器《じゆうき》は運んでいないが、改築はすべて終わっているからよ」

伍吉が安堵したように答えると、達吉が槍《やり》を入れる。

「おめえ、そんなことを言って大丈夫《でえじようぶ》かよ。明後日は徳島藩が入《へえ》るんだぜ」

巳之吉は眉ひとつ動かすことなく、平然と答えた。

「寧ろ、参勤交代の時期でようござんした。客室こそ満室だが、お武家さまには本膳《ほんぜん》をお出しすることになっていやすんで、あっしが仕入れや下拵《したごしら》えまでしておけば、あとは板脇《いたわき》に委《まか》せることが出来やすからね」

なるほど、それで巳之吉は泰然《たいぜん》と構えているのである。

本膳ならば、器《うつわ》は塗物《ぬりもの》が主体となり、当然、意表《いひょう》を突いた料理も出せない。当たらず障《さわ》らずの無難な料理で、感性も期待されないとあっては、板脇の市造《いちぞう》に委せておけば済む話なのである。

その意味では、巳之吉が言うように、今の時期でよかったのかもしれない。

これが少し前なら、雛祭膳を期待して、わざわざ立場茶屋の旅籠に泊まる客もいたのである。

「では、さっそく、田澤屋の厨を下見して来やす。献立《こんだて》はそれを見てからってことで……」

巳之吉が立ち上がる。

「おお、では、さっそく……」

伍吉も慌てて立ち上がり、おりきに向かって手を合わせる。

「女将、助かったよ。有難うな！」

そう言うと、伍吉は片目を瞑《つぶ》ってみせた。

田澤屋の下見を済ませて戻って来た巳之吉は、珍しく興奮して目を輝かせた。

「厨が広くて、あれは使いやすい！　まだ鍋釜《なべかま》など什器一切が入《へえ》ってなかったが、旦那の話じゃ、一通り揃ってるそうなんで、それも明日見せてもらうことにしやした。そのうえで、うちから運ぶ器を選びやすが、恐らく、蝶脚膳《ちょうあしぜん》や吸物椀《すいものわん》以外はうちから運ぶことになるかと思いやす。それで、あっしのほうには連次と追廻《おいまわし》の久米吉《くめきち》……。駒込《こまごめ》の寮で出張料理を経験済みで慣れてやすんで、この二人をつけることにしやした。それで、お運びなんでやすが、駒込の場合は寮のお端女を使わせてもらいやしたが、田澤屋はそうもいかねえ……。賄方《まかないがた》に女ごがいるにはいるんだが、旦那の話じゃ、客の接待が出来るような女ごはいねえそうで……。それで、うちから二人ほど出してェと思いやすが、宜しいでしょうか」

日頃からあまり感情を露《あら》わにしない巳之吉にしては、えらく気が入っている。

「ええ、構いませんよ。誰を連れて行くかは、おうめと相談して決めるといいでしょう。いずれにしても、旅籠に泊まり客が到着する前のことですものね。女衆《おなごし》が二人抜けたとしても問題はないでしょう。では、巳之吉の中では、祝膳の構想が既に出来ているのですね？」

おりきはほっと息を吐いた。

この目の輝きから見て、巳之吉の頭の中では、祝膳の献立が出来つつあるのである。

「明日、お見せしやす。それで、話は変わりやすが、田澤屋の旦那の話じゃ、女将さんも祝いの席に呼ばれていなさるとか……」

巳之吉がおりきに目を据える。

おりきは慌てた。

確かに、伍吉は招待客の中におりきも入っていると言ったが、正式に呼ばれたわけではない。

それに、正式に呼ばれたとしても、おりきがのこのこと参列してよいものかどうか……。

「正式に招待を受けたわけではないのですよ」

おりきは戸惑《とまど》いながら答えた。

「滅相《めっそう》もねえ！　田澤屋の旦那はしっかと伝えたつもりですぜ。堺屋との渡引《わたりひき》に立ち会ってもらったことだし、女将さんが参列しねえと、堺屋の内儀《ないぎ》が哀しまれるだろうと、そんなふうに言ってやしたからね」

巳之吉はそこで言葉を切ると、改まったように、おりきに目を据えた。

「あっしは参列なさるべきだと思いやす。あっしも一度は女将さんに本格的な料理を食べてもらいてェと思ってやしたんで、良い機会ではねえかと……。ただ、その場合、一つ言っておきてェことがありやす。当日、女将さんは客として参列なさるのだから、何があろうとも、決して手を出さねえで下せえ。あっしも女将さんが安心して坐っていられるように段取りよく運ぶつもりでやすが、万が一、はらはらするようなことがあっても、助《す》けようなんて思わねえで下せえ」

おりきは巳之吉に見据えられ、ますます挙措を失った。

はらはらするようなこととは……。

巳之吉は一体何をしようとしているのであろうか。

が、おりきはきっと巳之吉を見返すと、あい解りましたよ、と答えた。

翌日の昼下がり、巳之吉がお品書《しながき》を手に帳場にやってきた。

潤三が慌てて帳場を去ろうとするが、それを達吉が目で制した。

「献立の打ち合わせに立ち会うのも、番頭の仕事の一つ……。坐ってな。おめえは板頭が女将さんに説明するのをよく聞いておくんだ。そのうち、頭の中に、料理の姿や味が描《えが》けるようになるからよ。そうなりゃ、しめたもの！　そう思い、一言一句《いちごんいっく》、聞き漏《も》らすんじゃねえぞ」

「へえ」

潤三が怯《おび》えたような顔をする。

「大番頭さん、潤三をそんなに怖がらせるものではありませんよ。では、巳之吉、説明して下さいな」

「へい」

巳之吉が絵入りのお品書を広げてみせる。

「此度は季節柄、海の幸は勿論のこと、山の幸をふんだんに取り入れてみやした」

そう言い、一の膳の八寸《はっすん》から説明する。

八寸

白魚吉野《しらうおよしの》寄《よ》せ

小鯛《こだい》桜の葉寿司

このこ酢橘《すだち》釜《かま》盛り

ばちこ

鯛の子寄せ

花見団子《だんご》
海老百合根《えびゆりね》寿司
鴨《かも》団子青海苔《あおのり》まぶし
細魚《さより》手鞠《てまり》寿司唐墨《からすみ》まぶし
辛子《からし》酢味噌《すみそ》和《あ》え
鳥貝《とりがい》、赤貝《あかがい》、車海老《くるまえび》、菜《な》の花、水前寺《すいぜんじ》海苔、木の芽
猪口《ちょこ》に
器　大徳寺《だいとくじ》縁高重《ふちだかじゅう》

「今朝、運ばれて来た田澤屋の什器の中に、縁高の大徳寺重がありやしてね。数も三十と揃っていたもんで、咄嗟《とっさ》に、八寸はこれでいこうと思いやした」

巳之吉が言うように、縁高なお重の中に奉書紙《ほうしょがみ》が敷かれ、その中に、彩りよく料理が盛られていて、五分咲きの桜の枝が添えてある。

「白魚吉野寄せというのは、葛叩《くずたた》きにした白魚を真っ直ぐになるように串をうって蒸《む》したもので、さっぱりとした味がしやす。鯛の子寄せとは、鯛の子を薄口醤油《うすくちじょうゆ》と味醂《みりん》で煮含《にふく》め、卵でとじて型《かた》に流して蒸し固めたもので、食感が愉しめやす。海老百合根寿司は、寿司飯の代わりに蒸して裏漉《うらご》しした百合根を丸め、茹《ゆ》でた車海老で包んだも

のでやす。そして、鴨団子は鴨肉を叩いて粗挽《あらび》きとなったところに塩と片栗粉《かたくりこ》を混ぜて丸め、酒、味醂、砂糖で煮て、上に青海苔をまぶしてやったもの……。細魚の手鞠寿司唐墨まぶしは説明しなくても解ると思いやすが、他に何か解らねえことはありやせんか？」

「いえ、ありません。見た目にも春らしくて、とても良い八寸だと思いますよ」

おりきがそう言うと、潤三が怖《お》ず怖ずと上目に巳之吉を窺う。

「俺、ものを知らなくて恥ずかしいんだが、このこって、一体《いってえ》なんのことでやしょう」

「潤三が知らなくても恥じることはないのですよ。これから一つ一つ憶《おぼ》えていけばよいのですもの。このことは海鼠《なまこ》の卵巣《らんそう》のことで、生《なま》のこのこが入っているのですよ」

「じゃ、ばちこってェのは？」

「干したこのこのことをばちこといって、今回はさっと火に焙《あぶ》ってあるんだ。酒の肴《さかな》にはうってつけだぜ。潤三、他に判らねえことはねえか？　この際、なんでも訊いてくれ」

巳之吉がそう言うと、達吉も尻馬《しりうま》に乗ってくる。

「そうさ。問《と》うに答えの闇《やみ》あらぬといってよ。判らねえことはなんでも訊いてみるがよい。訊くは一時《いっとき》の恥、訊かぬは末代《まつだい》の恥ともいうからよ！」

「いえ、今はもうありやせん。俺、国猿《くにざる》（田舎者）なもんだから、山菜《さんさい》のことはよく知ってるんだ！　菜の花、楤《たら》の芽、こごみ、蕨《わらび》、薇《ぜんまい》、蕗《ふき》、筍《たけのこ》と、これからは山の幸が豊富《ほうふ》だからよ」

潤三が清々《すがすが》しい笑顔を浮かべる。

「続いて二の膳でやすが、本来ならば、季節柄、刺身《さしみ》盛りに桜鯛《さくらだい》を使いやすが、この前《めえ》の還暦祝いのときが舟盛りで、鯛を活造《いきづく》りにしやしたんで、今回は伊勢海老《いせえび》の姿造りにして、各々《おのおの》に一尾《いちび》ずつ出させてもらいやした。殻《から》は三の膳で椀物《わんもの》に使いやす」

巳之吉がお品書の二の膳を指で差す。

「へえエ……、こりゃ凄《すげ》エや！」

潤三が感嘆の声を上げる。

それほど、巳之吉の描いた伊勢海老は、まるで今にも飛び跳《は》ねそうに見え、見事なものだった。

二の膳

刺身　伊勢海老の姿造り
　　大根《だいこん》と人参《にんじん》のけん　大葉紫蘇《おおばしそ》　防風《ぼうふう》　紅蓼《べにたで》　山葵《わさび》
　　器　信楽俎皿《しがらきまないたざら》

椀物　海老真丈《しんじょう》
　　才巻海老《さいまき》　蕨　うるい　筍　花弁独活《はなびらうど》　木の芽
　　器　吉野椀

炊《た》き合わせ　桜蛸柔らか煮《さくらだこやわ》　蕗　筍含め煮　莢豌豆《さやえんどう》
　　器　九谷赤絵鉢《くたにあかえばち》

お凌《しのぎ》　穴子柴漬《しばづけ》寿司　焼き筍寿司　酢取り茗荷《みょうが》　筍木の芽和え
　　器　筍の皮　筒青竹《つつあおだけ》

「穴子柴漬寿司は、寿司飯に刻《きざ》んだ柴漬を混ぜて形を整え、味醂と醬油で味付けした穴子を載せて笹の葉に包み、蒸したものでやす。焼き筍寿司は、あく抜きした筍の芯《しん》をくり抜き、中に木の芽を混ぜた寿司飯を詰め、全体に焼き目をつけたもので、これはタレをつけて食べやす」

巳之吉が説明すると、潤三が嬉《うれ》しそうに頰を弛める。

「どうしてェ、その脂下《やにさ》がった顔は！」

達吉がじろりと潤三を流し見る。

「へへっ、さっき、説明を聞いただけで、姿や味が描けるようになればしめたものって大番頭さんが言ってたが、俺、なんだか焼き筍寿司を食ったような気分になって……」

潤三が首を竦める。

「済んません。偉そうなことを言っちまって……」

「あら、謝ることなんてありませんよ。恐らく、潤三は掘りたての筍を焼いて食べたことがあるのでしょうよ。それで、相性《あいしょう》の良い木の芽と絡《から》めて味を想像したのですよね？」

おりきが目を細める。

潤三にこれほどまでの感性があるとは、末頼もしい限りである。

「巳之吉、竹の皮を器にしたのは、斬新《ざんしん》でよい考えですこと！　しかも、竹の皮をそのままお出しするのではなく、粉引《こひき》の長方皿の上に敷いてあるので安定感がありますしね。青竹の筒に筍の木の芽和えを入れたのも、気が利いていますよ」

「へっ、有難うごぜェやす。で、三の膳なんでやすが、ここに焼物《やきもの》をと思っていやす。座敷の真ん中に長火鉢を用意して、その場であっしが焼いて、皆さまの銘々皿《めいめいざら》に取り分ける……。あっしが女将さんに手を貸さねえで下せえと言ったのはこのことで……。一人で焼くんで手間取るかもしれやせんが、皆さんが二の膳を食べ始めた頃から焼きやすんで、三の膳に移る頃にはすべてが焼き上がるかと……」

おりきが目を丸くする。

客の目前で鍋物《なべもの》を取り分けることはあっても、まさか焼物を……。

だが、お品書をみると、縦半分《たてはんぶん》に切った皮つきの筍にタレを塗《ぬ》って焼くとある。

なるほど、客に舌だけでなく、芳《こう》ばしい香りも愉しんでもらおうという趣向《しゅこう》なのだ。

「お品書を見ますと、焼物は子持諸子《こもちもろこ》と筍の姿焼、油目山椒焼《あぶらめさんしょうやき》とありますね」

「へい。諸子は塩焼にして木の芽酢で供《きょう》し、筍の姿焼は筍の中身を取り出してタレをつけ、再び皮に戻しやす。それから油目山椒焼は、食べやすい大きさに切った油日に串をうち、タレ焼にして仕上げに叩《たた》き木の芽を振りかけやす。これだと、お客さまに味だけでなく、香りを存分に堪能《たんのう》してもらえるのではないかと思いやして……」

「巳之吉、大《てえ》したもんだぜ、やるもんじゃねえか！　客に受けること間違《まちげ》ェなしでェ！」

達吉も上擦《うわず》った声を出す。

おりきは再びお品書に目を戻した。

三の膳

焼物　子持諸子　筍姿焼　油目山椒焼　叩き木の芽

器　染付丸皿《そめつけまるざら》

鯛赤飯《たいせきはん》　鯛切身　小豆《あずき》　木の芽

器　天目土鍋《てんもくどなべ》

留椀《とめわん》　伊勢海老の味噌仕立《みそじたて》

器　蒔絵蓋付椀《まきえふたつきわん》

香《こう》の物　大根葉《だいこんば》　奈良漬《ならづけ》

甘味　蕨餅《わらびもち》きなこまぶし　黒蜜《くろみつ》

お薄

「此度は客の前で焼物を焼くので、揚物は出しやせん。その代わりに、鯛赤飯を大ぶりの土鍋で炊いて、やはり、これも客の前で茶椀に装《よそ》いやす。鯛と赤飯は一緒に炊き込むのではなく、米と餅米《もちごめ》を水、酒、薄口《うすくち》醤油で味つけして炊き、蒸らすときに、別に茹でておいた小豆と、振り塩をして焼いた鯛の切身を上に載せやす。これだと、それぞれの素材の持ち味が活《い》かせやすし、見た目にも綺麗《きれい》でやすからね」

巳之吉の説明に、おりきは目から鱗《うろこ》が落ちたように思った。

赤飯と鯛の取り合わせが意表を突いているし、祝膳には最高の馳走《ちそう》である。

「伊勢海老の味噌仕立も、海老の頭がまるまるついてくるんだからよ。豪勢としか言いようがねえ！　だが、巳之吉、最後に描《か》いてある引き出物たァなんでェ？」

達吉がお品書の最後を指差す。

「小ぶりの竹籠《たけかご》に黒胡麻《くろごま》葛餅《くずもち》の粽《ちまき》を用意させていただこうかと思いやして……。引き出物というより、土産《おみや》と思ったほうがいいかもしれやせん」

「まあ、土産まで考えていたのですか！」

「と、こんな具合に考えていやすが、いかがでしょう」

巳之吉がおりきを瞠める。

「ええ、いいでしょう。これなら田澤屋さんも気に入って下さることでしょう」

正《まさ》な話、おりきは大満足であった。

慣れた板場で作るのと違い、勝手の違う厨で手の込んだ料理は難しい。

が、その中にあり、巳之吉は客の前で筍や魚を焼いてみせ、鯛赤飯と祝いの席に相応《ふさわ》しい献立を考え出したのである。

「どうでェ、少しは学んだか？　うちの板頭はこんなに凄《すげ》ェ料理を考え出せるんだからよ！」

達吉に言われ、潤三が眩《まぶ》しそうに巳之吉を見る。

「俺、なんて言ったらいいんだか……。言葉も出ねえや」

「さあ、そこでだ。これからが俺たちの出番だ！　おめえは板頭が選んだ器を田澤屋まで運ばなきゃならねえ。食材や調味料といったものは板場衆《いたばし》に委せておきゃいいが、器はおめえが運ぶんだからよ！」

「へい」

潤三は緊張した面差《おもざ》しで、こくりと頷いた。


巳之吉が長火鉢の上に焼き網《あみ》を載せて諸子を焼き始めると、座敷にいた全員が箸《はし》を止め、ほう……、と驚きの声を上げた。

「なんと、座敷の真ん中に長火鉢が持ち出され、焼き網が載せられたもんだから、何が始まるのかと思ったら……」

田澤屋伍吉が目を輝かせる。

「本当に、なんて素晴らしい趣向かしら……。あたしたちは焼きたてを食べさせていただけるわけですね！」

七海堂のご隠居七海《ななみ》が、幼児のように燥《はしや》ぎ、胸前でパチパチと手を叩く。

「あら、いい匂《にお》い……。これは食がそそられますこと！」

堺屋の未亡人お庸が隣に坐った伍吉の母おふなの顔を、ねえ？　と覗き込む。

御年《おんとし》八十二歳のおふなは歳に似合わず実に健啖家《けんたんか》で、二の膳の伊勢海老姿造りも海老真丈も見事に平らげ、炊き合わせの赤絵鉢には莢豌豆が一切れ残っているきり……、現在《いま》は、お湊の焼き筍寿司をぱくついている。

おふなは満足そうに頬を弛め、青竹の筒を覗き込むと、木の芽和えではないか、これは春を満喫《まんきつ》できて極楽《ごくらく》極楽……、と呟いた。

「おお、芳ばしい香りがしてきましたぞ！」

「まさか、この場で巳之吉が手ずから焼いてくれるとはよ！　長生きはしてみるもんだ。これで冥土《めいど》への土産《みやげ》が出来た！」

「巳之吉が客の前で手ずから焼いてくれたものを食べるなんて、恐らく、あたしたちが最初《はじめて》でしょうからな」

宿老たちも口々に感嘆の声を上げる。

おりきは伍吉の満足そうな顔に、ほっと胸を撫《な》で下ろした。

女中のおみのが空《あ》いた皿小鉢《さらこばち》を下げ、おうめが焼き上がった諸子を皿に移し、木の芽酢を添えて配っていく。

続いて、焼き網に皮つきの筍が載せられた。

再び、全員の目が巳之吉の手許《てもと》に集まる。

「まあ、見てごらんなさいまし、ご隠居さま！　皮の中の筍には、既にタレがつけてあるようですよ。おやまっ、醤油の焦《こ》げる匂いの芳ばしいこと……。生でも食べられるほどの若筍《わかだけ》だから出来るのですよね」

お庸が燥いだように言う。

おふなを挟んだ恰好《かっこう》で坐っていた七海も、

「おふなさん、良かったですわね！　念願だった巳之吉さんの料理を食べることが出来たのですものね。あたくし、今日はもう大満足です！　再び、こうして田澤屋さんにお招きいただき、しかも、今日はおふなさんとご一緒できたのですもの！　田澤屋さん、有難うございます」

と頭を下げる。

七海は洲崎の別荘に隠遁《いんとん》したおふなを案じていただけに、伍吉が母親を手許に呼び寄せたことが、嬉しくてならないようである。

座敷の中に、芳ばしい匂いが漂った。

「美味い！」

焼き筍を口に含み、近江屋忠助が相好《そうごう》を崩す。

続いて、七海堂の主人金一郎《きんいちろう》や道中奉行の反町友之進《とものしん》、そして伍吉の女房弥生《やよい》までが感激のあまり上擦った声を上げる。

「これまでさまざまな調理方法で筍を食してきたが、こいつは絶品！」

「美味い、実に美味い！　これはもう一切れ頂きたいほどですな」

「おまえさま、なにをぐずぐずしておいでなのですか？　さあ、お上がりなさいませ！」

弥生に促され、伍吉も焼き筍を頬張った。

「…………」

伍吉が目をしばしばとさせる。

えっと、全員がと胸を衝かれ、伍吉を窺った。

「どうかしました？」

弥生が覗き込むと、伍吉は首を振り目頭を押さえた。

「いや、あたしは嬉しくってよ……。この祝いの席で、巳之吉がここまであたしに華《はな》を持たせてくれたのかと思ってよ……。だって、そうだろう？　田澤屋は門前町では新参者だ。成り上がり者と思われても仕方がないのに、こうして皆さんが田澤屋の新店舗、母屋の改築祝いに駆けつけて下さり、心より愉しんで下さった。それもこれも、巳之吉のお陰……。ありきたりの祝膳ならこうまで座が盛り上がらなかっただろうと思うと、嬉しさのあまり、つい涙が出ちまってよ……」

「田澤屋、何を戯《たわ》けたことを！　おまえさんはもう新参者なんかじゃありませんよ。我々の仲間なんだ。それに、あたしたちはおまえさんがお庸さんの居場所を確保してくれたことに感謝してるんだ。なあ、皆、そうだよな？　こうして、おふなさんも門前町に戻ってきてくれたことだし、今後も皆で協力し合い、門前町の発展に努《つと》めようではないか！」

忠助が徳利《とつくり》を手に、伍吉の傍に寄って行く。

「近江屋さん、有難うよ」

それが契機《きつかけ》となり、座敷に和やかな雰囲気が甦った。

巳之吉は現在《いま》油目山椒焼を焼いている。

おりきはやれと安堵の息を吐いた。

巳之吉から何があろうと手を貸さないでくれと言われていたが、おうめやおみのが要領よく動いてくれるので、これなら手を貸すまでもない。

引き続き、鯛赤飯、伊勢海老の味噌仕立などが出されるであろうが、今日初めて、おりきは客として巳之吉の料理を供され、新鮮な驚きを覚えた。

これまでは、お品書の絵で味を想像してみたり、たまに試食してみたりすることはあったが、八寸から始まり一品ずつ配されるときの客の気持を、今初めて知ったように思うのである。

次は何が出るのかという期待と、食べた後の感動……。

つくづく、料理は目でも舌でも、そして何より、心で味わうものだと感じた。

襖《ふすま》が開き、連次が大ぶりの土鍋を運んで来る。

全員の目が連次の手許に注がれた。

巳之吉が長火鉢の焼き網を外し、上に土鍋をかける。

「鯛赤飯にございます。どうぞ、ごゆるりと召し上がり下さいませ」

巳之吉が頭を下げ、次の間に下がって行く。

おうめとおみのが土鍋の蓋を取ると、座敷のあちこちからワッと声が上がった。

赤飯の上に鯛の切身が放射状に並べられ、真ん中に木の芽がたっぷりと盛られている。

おうめが器用な手つきで茶椀に取り分け、おみのが配っていく。

「これはまた……。あたしは鯛の赤飯なんて生まれて初めて口にしますよ」

「ホント！　鯛も赤飯も目出度いものですものね。よく考えたこと！」

おふなとお庸が顔を見合わせる。

そうして、甘味まで出されたところで、いよいよ、おりきの出番となった。

巳之吉から最後のお薄だけは女将さんに頼みたいと言われていたので、おりきは次の間に下がると、用意された風炉釜《ふろがま》の前に坐った。

おみのが膳の皿を下げ、おうめが抹茶茶碗を運んで行く。

すべての茶を点て終え、おりきが席に戻って行くと、伍吉が改まったように傍に寄ってきた。

「女将、有難うよ。よくここまで考えて下さったと、あたしは大満足です。巳之吉にも改めて礼を言うが、今日は本当に済まなかった」

伍吉が畳に手をつき、深々と頭を下げる。

「滅相もございません。田澤屋さん、頭をお上げ下さいませ。礼を言わなければならないのは、わたくしどもにございます。田澤屋さんのお陰で、わたくしも客の気分を味わわせていただけたのですもの、感謝していますのよ」

「いいえ、実を申せば、女将を何がなんでもこの席に呼んでほしいと言ったのは、お袋とお庸さんでしてな。先《せん》から、お袋は女将に逢いたがっていたのですが、お庸さんと共に暮らすようになってからというもの、おまえさんの評判を毎日のように聞かされるものだから、ますます逢いたくなったのでしょうな。おっ、ほれ、言わぬことじゃない！　今、よたよたとやって来るではありませんか」

お庸に支えられ寄って来るおふなを見て、伍吉が苦笑する。

おふなはふらつきながら腰を下ろすと、そっと手を差し出した。

「おまえさまがおりきさま……。お目にかかれて嬉しゅうございますよ。まあ、まあ……、おまえさまがおりきさま……。アリガトさん、アリガトさん！」

おふなはおりきの手を握るとゆさゆさと揺すった。

「いえ、わたくしのほうこそ、ご隠居さまにお目にかかれて光栄にございます」

「おまえさまはあたしが想像した以上のお方だった！　おまえさまのような方に親しくしてもらえて、伍吉はなんという果報者《かほうもの》かと思うと、嬉しゅうて……。おりきさま、伍吉によう言うてやって下さいましたな！」

えっと、おりきが伍吉を見ると、伍吉は照れ臭そうに俯《うつむ》いた。

「実は、お袋はあたしがお袋を引き取りたいと言い出したのは、七海堂のご隠居や女将が諫言《かんげん》して下さったお陰と信じているのですよ」

「そんな……。諫言などとは滅相もございません。ご隠居さま、旦那さまは誰に言われたのでもなく、ご自分で決断なさいましたのよ」

おりきは慌てた。

が、おふなはふふっと肩を揺すった。

「おりきさまは口にこそ出して言われなかったかもしれないが、息子はおりきさまのあたしへの心遣《こころづか》いを肌身に感じ、しかも、金一郎さんが七海さまに優しく接する姿を目《ま》の当たりにしたものだから、このままではならないと反省したに違いありません、だから、おまえさま方が口添《くちぞ》えして下さったのも同然……。あたしは感謝しています。アリガトさん、本当にアリガトさん！」

おふなの目に涙がきらと光った。

「そう言っていただけるとは恐縮にございます。ご隠居さま、これからはお隣同士になったのですもの、わたくしどもの見世にも是非お越し下さいませね」

おりきはおふなの目を瞠め、そっと手を握り返した。

「田澤屋のお披露目は豪勢だったんだって？」

亀蔵が仏頂面《ぶっちょうづら》をして、茶をぐびりと飲み干す。

「そういえば、親分の顔が見えなかったようですが……」

おりきが二番茶を湯呑に注ぎながら、亀蔵を流し見る。

亀蔵は糞面白《くそおもしろ》くもないといった顔をして、はンと鼻で嗤った。

「おっ、言っとくが、お呼びがかからなかったわけじゃねえからよ！　呼ばれたが、行かなかっただけでェ」

「それは……」

おりきが訝しそうに亀蔵を窺う。

「門前町のお歴々《れきれき》と、それに田澤屋が世話になった者が招待されたわけだが、俺ャ、門前町の住人じゃねえし、世話をしたわけでもねえからよ」

おりきはくすりと嗤った。

おやおや、これでは不貞腐《ふてくさ》れた子供と同じではないか……。

「あら、親分は常から品川宿を取り締まっておられるではないですか。わたくしたちは親分の世話になり、こうして皆が平穏《へいおん》に立行していけるのですもの、招待されても当然だと思いますよ」

「てんごうを！　俺にそんな虎《とら》の威《い》を借るような真似《まね》が出来るわけがねえ……。立場茶屋おりきから招待を受けたというのなら、おめえと俺の仲だ、大手を振って受けるがよ、俺ャ、田澤屋とはそんな仲じゃねえ！　しかもだ、道中奉行から反町さまが参列したんだ。俺までが出るこたァねえだろ？」

亀蔵は渋顔《しぶがお》をしてみせた。

たいもない！

どうやら、お役人が参列する場に一介《いっかい》の岡っ引きが顔を出すのを憚ったというのが、本音《ほんね》のようである。

「けれども、親分がお断りになったのでは、田澤屋さんも残念がられたことでしょう」

「ヘン、残念がるどころか、ほっと眉を開いてたぜ！」

雲行《くもゆ》きがますます怪《あや》しくなる。

おりきは機転を利かせ、話題を変えた。

「その後、おさわさんの様子はいかがですか？　やはり、四月から小石川に移る気持に変わりはないのですか」

亀蔵も話題がおさわに移ると、安堵したように煙草盆を引き寄せる。

「ああ。寧ろ、踏ん切りがついたのか、顔つきまで明るくなってよ……。高輪にいるのもあと二廻《ふたまわ》り（二週間）しかねえと思うからか、此の中、こうめや鉄平に煮染や出汁《だし》の取り方、惣菜《そうざい》の味つけを教えておこうと躍起《やっき》になっててよ」

「あと二廻りとあっては、こうめさんや鉄平さんも大変ですわね」

「大変《てえへん》なのは、こうめや鉄平ばかりじゃねえ！　みずきにはおさわが小石川に行くことをまだ話してねえんだが、子供心にも解るんだろうて……。これまではあすなろ園に迎えに行っても遊びに夢中で、なかなか帰《けえ》ろうとしなかったくせして、現在《いま》は一目散《いちもくさん》に帰《けえ》って来るや、おさわの傍にぴたりとくっついて離れようとしねえ……。眠るときも、浴衣《ゆかた》の袂を握り締めてよ。おちおち厠にも行けねえと、おさわが零してたぜ」

まあ……、とおりきの胸が熱くなる。

子供心にも、みずきはおさわが去って行こうとしていることに気づいているのである。

「それは、おさわさんも辛いでしょうね」

「けどよ、どんなにみずきが可愛《かわい》くてもよ、おさわの子は陸郎だ。これまで口に出して可愛いとも言えず、陰から無事を祈ることしか出来なかっただけに、これからは陸郎の傍近くにいて弔ってやりたいと思うのだろう……。ましてや、おさわは四十路《よそじ》を超え、老い先永くねえ身だからよ。それで、みずきをこうめに返《けえ》すのは今しかねえと思ったのだろうて……。おさわがいる限り、みずきにゃ、おっかさんの一番手はおさわなんだからよ」

亀蔵が肩息を吐く。

「そうかもしれませんわね。おさわさんはこうめさんに母としての自覚をもっと持ってほしいとお思いなのでしょうからね」

おりきもしみじみとした想いで呟く。

「俺ャ、ここに来る途中、ふっと思い出したんだがよ。確か、陸郎が川口屋に御家人株を買い与えられて黒田に入《へえ》ったのが、秋だった……。あんとき、おさわは陸郎の幸せを望み、泣く泣く身を退《ひ》いてったが、今度はみずきとの別れ……。陸郎のときが秋の別れだとすれば、さしずめ、みずきとの別れは春の別れか……」

亀蔵が洟《はな》をぐずりと鳴らす。

「嫌ですわ、親分！　親分もおっしゃったではないですか。別れといっても、おさわさんはみずきちゃんと永遠に別れるわけではない、逢おうと思えばいつだって逢えるのだと……」

「そりゃまっ、そうなんだがよ……」

「あらっ、聞こえました？　ほら、鶯《うぐいす》の声がしますわよ！」

おりきが連子窓《れんじまど》に向かって耳を澄ませる。

ホーホケキョ！

「おっ、違《ちげ》ェねえ。ありゃ春告鳥《はるつげどり》だ！」

亀蔵が立ち上がり、連子窓の障子《しょうじ》を開ける。

ホーホケキョ！

「女将、見なよ！　梅の枝に鶯が……。なんと、番《つがい》じゃねえか！」

おりきも立ち上がり、連子窓に寄って行く。

二羽の鶯が梅の枝の上下に止まり、チッチッと囀《さえず》っては、ホーホケキョ……。

春の訪れを奏《かな》でていた。

爽《さわ》やかな風が襟足《えりあし》を撫でていく。

おりきは風の運ぶ春の香りに、ふっと頰を弛めた。

「やっぱ、春はいいもんよのっ」

亀蔵がぽつりと呟く。

どんなに冬が厳《きび》しく辛くても、必ずや、春はやって来る。

そう思うと、どこかしら心が和むように思えたのである。

時代小説文庫

い6-17

雪《ゆき》割《わり》草《そう》 立場《たてば》茶屋《ぢゃや》おりき

著者 今《いま》井《い》絵《え》美《み》子《こ》

2012年3月18日第一刷発行

発行者 角川春樹

発行所 株式会社 角川春樹事務所

〒102-0074 東京都千代田区九段南2-1-30 イタリア文化会館

電話 03(3263)5247[編集] 03(3263)5881[営業]

印刷・製本 中央精版印刷株式会社

フォーマット・デザイン& シンボルマーク 芦澤泰偉

ISBN978-4-7584-3642-7 C0193

http://www.kadokawaharuki.co.jp/[営業]

fanmail@kadokawaharuki.co.jp[編集] ご意見・ご感想をお寄せください。

時代小説文庫

今井絵美子
鷺の墓

書き下ろし

藩主の腹違いの弟・松之助警護の任についた保坂市之進は、周囲の見せる困惑と好奇の色に苛立っていた。保坂家にまつわる因縁めいた何かを感じた市之進だったが……(「鷺の墓」)。瀬戸内の一藩を舞台に繰り広げられる人間模様を描き上げる連作時代小説。「一編ずつ丹精を凝らした花のような作品は、香り高いリリシズムに溢れ、登場人物の日常の言動が、哲学的なリアリティとなって心の重要な要素のように読者の胸に嵌め込まれてくる」と森村誠一氏絶賛の書き下ろし時代小説、ここに誕生!

今井絵美子
雀のお宿

書き下ろし

山の侘び寺で穏やかな生活を送っている白雀尼にはかつて、真島隼人という慕い人がいた。が、隼人の二年余りの江戸遊学が二人の運命を狂わせる……。心に秘やかな思いを抱えて生きる女性の意地と優しさ、人生の深淵を描く表題作ほか、武家社会に生きる人間のやるせなさ、愛しさが静かに強く胸を打つ全五篇。前作『鷺の墓』で「時代小説の超新星の登場」であると森村誠一氏に絶賛された著者による傑作時代小説シリーズ、第二弾。

(解説・結城信孝)